竜騎士のお気に入り
8
奥様は異国の空を革新中

竜騎士のお気に入り8

奥様は異国の空を革新中

織　川　あ　さ　ぎ

A S A G I　O R I K A W A

一迅社文庫アイリス

CONTENTS

ヒューバード
辺境伯を継いだ青年。
以前は竜騎士隊長として王城で働いていた。
竜が大好きで、竜に愛情を注いでいる。
相棒は白い竜で、
「白の女王」と呼ばれている。
青
久方ぶりに誕生した王竜。
竜の階級の最上位に位置しており、
従わない竜はいない。
メリッサ
辺境伯領の侍女になった少女。
幼い頃から竜が大好きで、竜達
からも非常に気に入られている。
最近、ヒューバードと
結婚したばかり。

白の女王

ヒューバードの相棒である
白い竜。竜の階級で
二番目に位置しており、
多くの竜達を従えている。

竜騎士のお気に入り 8

奥様は異国の空を革新中

Character

ルイス ヒューバードと同期の竜騎士。相棒は琥珀の竜で、「琥珀の小剣」と呼ばれている。

カーヤ リュムディナ王国の王弟の娘。ルイスの婚約者。

用語説明

- **竜騎士** 竜に認められ、竜と契約を結べた騎士のこと。
- **竜** 知能が高く、空を飛べる生物。鱗や瞳の色によって厳格に階級が分かれており、上の階級の命令には従う習性がある。
- **辺境伯** 代々竜に選ばれた者が継いでいる特殊な爵位。竜と竜騎士の管理を行っている。
- **コーダ** 竜の巣がある渓谷の傍近くにあるため、竜と契約したい者達が訪れる街。辺境伯の屋敷も構えられている。
- **キヌート** 竜の渓谷を挟んで反対側にある隣国。
- **ガラール** キヌートの隣国。竜の渓谷と接していないため、竜がほとんど飛来していない。
- **リュムディナ** 東大陸にある国。竜の飛来地があるとされている。

イラストレーション◆伊藤明十

Favorite of The Dragon Knight 8th

竜騎士のお気に入り8 奥様は異国の空を革新中

序章

今日《きょう》も空は雲ひとつない快晴である。

イヴァルト王国辺境伯領では、一年を通して最もよく見られる天気だ。その快晴の空の中、辺境伯邸のあるコーダの街に、竜達の鳴き声が響き渡っていた。

竜の鳴き声も、この街ではまたごくありふれたものだ。むしろ、聞こえない日の方が珍しい。ただ、今日の鳴き声はいつもと様子が違っていた。

まるで節が付いているような鳴き声は、人で言うところの歌に違いない。

コーダの上空を飛ぶすべての竜が同じ節で同時に鳴く様は、合唱しているようにも感じる。

コーダの人々は、この不思議な現象についてひとつ心当たりがあった。竜が自らの騎士を選び、人が竜の一族となった。竜達はそれを言祝《ことほ》いで歌っているのだ。

竜達の歌を聴き、人々はそれぞれ建物の窓から同じ方に視線を向ける。竜騎士誕生のためにこの地にあり続ける辺境伯家。その屋敷の庭に、今日もすべての色の竜が揃《そろ》っている。

空の青、雲の白に、雷の紫、そして木々の緑に大地の琥珀《こはく》。空に近ければ近い色ほど階級が上位である竜の世界で、祝福の歌を歌うときだけは階級も関係なくみんなが同じように鳴いてみせる。

今も、辺境伯家の庭では、青の竜を筆頭に、辺境伯の絆《きずな》の竜として有名な白の女王、そしてこの辺境を長年とりまとめていた紫の竜数頭をはじめとした、庭に降りていた竜達が琥珀の竜を取り囲み、一斉に祝福しているようだ。

今回、騎士を見つけたのはあの琥珀の竜なのだろう。その傍《そば》に、騎士や今滞在中の竜騎士候補達も取り囲んでいるのが街からも見える。

そしてその中にただひとり、女性の姿があることが街からでもはっきりと見ることができる。それが誰《だれ》なのかは、すでに街の誰もが知っていた。

辺境伯夫人メリッサ・ウィングリフ。青の竜の代理親として、この辺境どころか竜と共にあるイヴァルト王国で重要人物となった女性。今もその立ち位置は、竜達の領域とされる黒鋼の柵《さく》の内側。しかも青の竜の隣という白の女王の立ち位置とほぼ変わらぬ場所に、明るい髪の色をした女性が青の竜と同じ青い色のスカートを身に着けて立っている。

それがどれほどの奇跡なのかは、この国に生まれた人々には子供の頃《ころ》から骨の髄にまでたたき込まれていることなのだ。

竜は、自分の色の品を集める習性がある。旗、洗濯物、石、飾り、壁、屋根、ありとあらゆる場所にある、自分の色の品を集めるためにその爪《つめ》や牙《きば》が振るわれる。

人の装飾品も、輝く宝石が竜の色のものならば、なんと身につけた人間ごと攫《さら》いかねない。

蒼玉《そうぎょく》、真珠、紫水晶、碧玉《へきぎょく》、琥珀、その他諸々《もろもろ》、竜と同じ色のものは、竜のいる場所で身に着けてはならないという、小さな頃からお伽噺《とぎばなし》や英雄譚《たん》と共に語られ教え込まれたその事実を、庭にいる女性がひとりで覆しているのだ。

彼女がこの辺境に来てまだ一年と数ヶ月。その間に青の竜が生まれ、そして彼女はあっという間に竜達に青の竜の親と認められた。

イヴァルトの人々は、新しい青の竜と、人の身でありながら青の竜の親となった女性の姿に、竜と人との関係の変化を感じはじめていた。

第一章　新たな季節の出発

辺境伯邸の庭に、小さな子竜達が訪れるようになってもうそろそろ三ヶ月になろうとしている。

それはそのまま、子竜達が生まれてから経過した月日だ。

にんじん色の髪をまとめ、竜が汚しても破いても大丈夫なエプロンドレスを身に着けて子竜達の傍《そば》にいたメリッサは、子竜の鼻先を撫《な》でてやりながら、しみじみとこれまでの騒動を思い出していた。

もう三ヶ月。そう口にするのは、この三ヶ月いろいろなことがあったからだ。

青の竜の産み親である、密猟団に奪われていた紫の鱗《うろこ》が呪《のろ》いを発していることが判明したり、呪われた竜の鱗が加工されると、その呪いが増幅されてしまうことが判明したり。

竜の密猟団はキヌート王国の協力もあり、一斉に捕縛された。

その密猟団の隠れ家からは、産み親の紫の鱗が大量に押収され、青の竜の元に帰ってきた。

そうして一段落した途端に、ヒューバードの同期である竜騎士ルイスの騎竜である琥珀《こはく》の小剣が、ルイスの花嫁を連れて帰ってしまったり、それがとある国の王族の姫君であることが判明したりした。

本当に、いろいろあった。

そうして今日《きょう》ふと庭に目を向けて、今年生まれた琥珀の子竜が竜の庭の周囲を取り巻く黒鋼の柵《さく》のすぐ傍にいるのを見かけ、その成長具合を感じたのだ。

その場所にある柵は、ちょうど小柄なメリッサの身長と同じくらいの高さだ。前はその柵の三分の一ほどだった子竜が、翼を含めると半分くらいまで大きくなっている。

メリッサが知っている子竜の成長は、去年青の竜がこの庭に来てからの成長具合ということになる。こうして今年の子竜達と比べると、青の竜の成長具合はやはりかなり早かったらしい。

青の竜が三ヶ月の頃《ころ》には、もう翼を除いた部分があの黒鋼の柵の半分に届いていた。抱き上げられることが大好きだった青の竜によく抱っこをせがまれていたが、その頃にはかなりの重さになってしまい、抱き上げることができなくなってしまったのだ。

それを考えれば、今庭にいる子竜達は、まだメリッサが抱き上げられる大きさだ。翼もようやく餌《えさ》を取りに行くのを許されるくらいの大きさだろうか。しかもそれは、親と一緒に、という条件付きでだ。

「青はあの頃、もう一頭で餌も取りに行ってたのよね……」

やはり青の竜が特別だったと結論を出すのに十分だろう。他《ほか》の青の竜については、今まで子竜時代の記録などもちろんあるわけもなく、それで比べることはできない。生まれているのは緑と琥珀のみなので、上位竜である紫や白とすら比べることはできない。だが、さすがにこれだけ違うと、他とは一線を画すると考えても大丈夫だろう。

ギュア！　キュルル

メリッサが子竜ばかりを見ているので寂しくなったのか、青の竜が気を引こうと声を上げる。もう体は育っているが、今もまだその表情に幼い頃の面影が残っている。鼻先を擦《こす》りつけてくる青の竜を見て、メリッサはその場に腰を下ろし、笑みを浮かべながら鼻先を撫でた。

青の竜は、竜達の王だ。たとえ生まれてまだ一年しか経《た》っていなくても、すでに王として竜達に認識され、青自身も王としての力を見せるようになっている。

一歳の竜はまだ若年で、戦いが起こりそうなときは守られる立場にあるが、王である青の竜は別らしく、そんな場合でも竜達を守るために誰よりも前にいる。

それが青の竜の務めであり、青自身が望んでそこにいるのだから、メリッサは心配していてもそれを止める権利はない。だからその場合は、ひたすら青の竜を信じているしかできない。だから青の竜がこうしてメリッサに甘えてくるのは竜達が平穏な証《あかし》なのだ。そういうとき、メリッサは甘える青の竜をしっかりと受け止め、甘えさせることにしているのだ。

青の竜がメリッサに甘えているときは、他の竜は近寄ってこない。子竜達ですら、しばらく青の竜の様子を見て、そのまま親竜の元へと帰って行く。

しかし今日は、珍しいことにそんなひとりと一頭に声を掛けてくる者がいたのである。

「あの……質問があるのですが」

遠慮がちな人の声に、まず反応したのは青の竜だった。

ギャ？

声を上げたのは、別に人の質問に答えようとしたわけではないだろう。顔を上げた青の竜は、すねたような表情でその人を見つめていたので、邪魔をされたと思ったのかもしれない。

声を掛けてきたのは、竜騎士候補として三ヶ月ほど滞在している、身なりのいい青年だった。

メリッサは慌てて立ち上がろうとして、しっかりと青の竜が自分を抱え込んでいることに気づき、苦笑して竜騎士候補の青年に顔を向けた。

「座ったままで失礼かとは思いますが……」

「あ、はい！　もちろんそのままでいていただいて大丈夫です！　青の竜のお邪魔をしてしまい、申し訳ありません。……こちらの庭で、楽器の演奏をしても大丈夫かを伺いたかったのです」

青年は申し訳なさそうにそう告げながら、自身が手に持っていた竪琴《たてごと》をメリッサにも見えるように差し出した。

「楽器、ですか？」

「はい。辺境伯夫人が青の竜に歌を聞かせていらしたので、どうかなと。あれはやはり、青の竜にお許しをいただけなければ無理なことでしょうか」

メリッサはその問いに、一瞬考え込んだ。

「……楽器演奏自体は、大丈夫かと思います。過去、辺境伯の騎竜には、音楽を嗜《たしな》む竜もいたと聞いていますから」

事実、辺境伯邸には音楽室が存在している。その場所は竜の庭に面しており、庭にいる竜達に音楽を聞かせるためにかテラスも設けられている。過去、辺境伯の騎竜となった竜が演奏をせがみ、その場所を音楽室として整えたとメリッサは義母から教えてもらったのである。

あいにく白の女王は音楽を嗜まず、その場所は現在ヒューバードのダンス練習室として利用されるだけの場所になっているが、ちゃんと楽器と譜面台、演奏で使うための椅子《いす》なども用意されている。竜を興奮させるような大きな音を立てる太鼓などはないが、静かな演奏をする分には問題のない部屋だ。そんな部屋があるのだから、竜が音楽を好むこともあり得ることは辺境伯家に伝わっているのである。

「あの、ただ、竜が興奮した場合は即座に演奏は中断していただくことになります。その判断をするために、演奏は辺境伯の許可を得てからにしましょう」

そう答えたメリッサの視線は、そのまま庭へと向けられた。

今日のヒューバードの予定は、つい先日この場で竜に祝福され、騎士となることが決まった青年に、最低限竜に騎乗するための基本を教えることになっている。

琥珀の竜に選ばれ、琥珀の竜騎士となった人は元は傭兵《ようへい》だったらしく、戦闘については何の問題もないらしい。ただ、竜騎士に選ばれたということは、まず、竜と一緒に王都に移動できなければならないのである。

つまり何を置いても竜に乗れなければお話にならない。その部分に関しては、この場所で辺境伯がつきっきりで教えることになっている。

専用の胴具はすでに注文を出し、現在作製中である。それが完成したら、王都から先輩竜騎士が迎えに来て、王都へと旅立つことになる。

それまでに、竜の方は胴具を着けられるように、騎士の方は、ひとりで騎乗し、空を飛べるようになるための訓練をしていく。

この場合は、先輩の竜騎士達のような速度は関係ない。とにかくしがみついてでも、体をくくりつけてでも、空を普通にひとりで飛べるようになるのが条件となるので、一週間ほどでなんとかなるらしい。

今は、騎竜が胴具を身に着けるための練習をしているらしく、竜の庭の中でたどたどしい手つきで琥珀の竜に辺境伯家にある予備の胴具をつけている男性の傍で、白の女王とヒューバードが指導している様子が見えた。

白の女王の真珠のように輝く体に、ヒューバードの艶《つや》やかな黒髪は遠目から見ても大変目立つ。白の女王と同じ色をした目は、現在メリッサには向けられていないが、白の女王がこちらを見ていることに気づき、メリッサは青の竜に頼んでみることにした。

「青、白とヒューバード様に聞いてみてくれる？　今から楽器を演奏しても大丈夫ですかって」

その言葉を、しっかりと目を見て伝えると、青の竜はそのますっと目を細め、顔を上げた。

その視線の先は白の女王で、あちらもしっかりとこちらを見ながら、こくりと頷《うなず》いた。

ギュー、グルル
つん、と頬《ほお》を鼻先で突かれ、メリッサは頷いた。

「大丈夫だそうです。穏やかな音楽を、竜達に聞かせてあげてください」

メリッサの答えに、目の前の青年は驚いたように白の女王に視線を向け、そして青の竜へと視線を戻した。今のやりとりで、答えが返ってきたことに驚いたのか、それともメリッサがそれに答えたことが不思議だったのか。それはわからないが、青年はすぐに許可が出たことを理解し、メリッサに深々と頭を下げた。

青年は、青の竜とメリッサから少しだけ離れ、地面に腰を下ろした。そして足を組むと、ゆっくりとその場で竪琴の弦をかき鳴らした。

紡がれているのは、子守歌だった。それはメリッサが青の竜に聞かせている辺境伯家で歌われていたものではなく、王都でよく聞くものだった。

この青年は、メリッサが青の竜の誕生日に子守歌を贈ったことを知っていた。だからきっと、穏やかな曲というメリッサからの要望に、同じ子守歌を選択したのだろう。穏やかな曲調に三頭の子竜達も惹《ひ》かれたのか、親の三頭も引き連れて傍に近付き、腰を下ろしていた。三頭で固まって、しばらく何やらしきりに鳴きながら、竪琴に耳をそばだてているようにまっすぐに青年に視線を向けている。

そしてその日から、ヒューバードと白の女王がいるときに限り、青年は竜の庭の傍で竪琴を演奏するようになった。

他の竜が近くで聞いていることもあるが、演奏を特に決まって聞きに来るのは子竜達だった。さらにそのうちの一頭、一番小さな緑の子竜は、眠ることなくまっすぐに竪琴を奏でる青年を見つめている。それを見たメリッサは、少しだけ首を傾《かし》げた。

どことなく、その竜の表情を見たことがあったのだ。

小さな子竜ではなく、成体の竜が相手を見定めている、まさに竜騎士の選定の瞬間を彷彿《ほうふつ》とさせるのだ。

あんな小さな竜が、という思いと、小さくても竜は竜であるという考えが、頭の中でくるくると巡る。

結局メリッサの中で考えはまとまらず、相談しようと思っていたヒューバードは急な用事で出かけてしまって、夕食のときも顔を合わせることができずにもやもやとしたままになってしまったのだった。

その日の夜、寝室に入ったメリッサは、ベッドの上で座ったまま、ヒューバードが帰ってくるのを待っていた。

執事頭のハリーからは、竜騎士の指導があるため、泊まりになることはないと聞いている。それならば、起きて待っていれば必ず顔を合わせることができるはずだ。

目を擦り、お茶を飲んで眠気をなんとか払いながら待っていたメリッサだったが、気がついたら眠ってしまっていたようだった。なぜか体がふわふわ揺れたあと、突然力強く温かな場所に抱き上げられた。

驚き目を覚ますメリッサの目の前に、この世で最も信頼し身を預ける相手であるヒューバードの顔がある。そしてメリッサは、自分が待つ姿勢のまま眠っていたことを理解した。

いつの間にか、ガウンを着ていたその上から毛布も巻かれ、冷気を感じないようにされている。さらにベッドは上掛けがめくられており、ヒューバードがそのまま運ぼうとしていたことにメリッサはようやく気がついた。

「……ヒューバード様」

「ただいま、奥さん。ベッドで上掛けもなしだと、風邪をひくだろう？　上掛けの上でなく、中で眠っていてくれると、私も安心できるんだが」

う、と言葉に詰まったメリッサは、ヒューバードの腕の中の温かさを感じて、自分の体が冷えていることを理解した。

「……ごめんなさい、起きて待っているつもりだったんです。お帰りなさい、あなた」

相変わらず、ヒューバードにそう呼びかけるたびに顔が火照る。今、鏡を見ることはできないが、口にした瞬間から耳が熱いので、きっと赤くなっているのだろうなと簡単に想像できる。

しかしヒューバードは、それを見ないふりをしてくれているのか、そのまま耳に軽く口づけるとメリッサの体をあらためて抱き直した。

「こんなに冷えていたら、寝付きも悪くなるだろう。少し体を温めるか。それに、何か話もあるようだし」

「あ、は、はい！」

ヒューバード自身に言われるまで忘れていたが、話があったから待っていたのだ。慌ててメリッサが頷くと、ヒューバードはメリッサを抱き上げたまま寝室から出て、隣の談話室へと移動した。そしてすぐに夜番の使用人を呼び、温かい飲み物を頼む。

ソファの上で、ヒューバードの脚の上にそっと下ろされたメリッサは、使用人から温かい薬草茶を受け取り、それをひと口含んだ。

「それで、どんな話かな」

ヒューバードに問われ、メリッサは温かなカップを手にしたまま、今日の昼に感じたことをそのまま口にした。

「ヒューバード様。竜は、子竜の間にも、絆《きずな》の相手を選ぶことはあるんでしょうか」

その問いかけに、ヒューバードはしばらく沈黙した上で、慎重に答えた。

「……ないとは言いきれない。他でもない、青の例がある」

「青の……青、え？」

「青の竜は、卵から孵《かえ》った時点で、メリッサを見た。メリッサは女性だったから、騎士にはならなかったが親になった。男だった場合は絆を結ぶことになっていたとしてもおかしくはないと思う。それならば……子竜の間でも、絆を結ぶことはあるんじゃないかな」

メリッサは、目を瞬《まばた》き、そして今もじわりと手を温めているカップに視線を向けた。

「……私は、絆を結んだわけじゃないです、よね？」

メリッサは、竜達の決まりをすべては知らない。絆を結ぶとどうなるのか、竜達の間でどんな繋《つな》がりがあるのか。竜達はすべてを語ることはなく、また、人はあまりにも竜と違う生きものだからこそ、どう問いかければ、竜に人の疑問が伝わるのかもわからない。

竜と絆を結ぶ竜騎士ですら、すべてを知っているとは言えないのだ。今現在竜に最も近い位置にあるのは、白の女王と絆を結んでいるヒューバードだろうが、そのヒューバードにもわからないことは多い。会話ができるヒューバードですらそれなのだから、メリッサなどさらに謎《なぞ》からは遠い位置にある。

竜の祝福についてすら無知だったメリッサに、絆を結ぶというその行為も、理解からはほど遠いのだ。

ヒューバードは、メリッサの疑問に頷くが、まるでメリッサをこの場に押しとどめようとするかのごとく抱きしめ、頭を撫でた。

「絆は結んでいない。だが、青はメリッサと絆を結びたかったのだろうというのはわかる。その証拠は、私だ」

メリッサは、思わずヒューバードを見上げていた。そしてヒューバードの、白の女王とお揃いの青い目が自分を見つめていることに気がついた。

「青は、私と僅《わず》かながら絆の繋がりを強引に結んでいる。……おそらくだがな、もし私が白の女王の騎士でなければ、青はそのまま私と絆を結んだのではないかと思う。それこそその理由は、メリッサの傍に、自分の意思通りに動かせる体を置くために、だ」

「……ヒューバード様」

竜騎士の歴史の中で、はじまりの一頭だけだった青の騎竜。二頭目が出るのなら、それは奇跡だろう。新たな伝説のようなその事態を、ヒューバードはなんでもないことのように口にした。

そのことに驚くメリッサに、ヒューバードは冷静なまま、語り続けた。

「しかし、私は白の女王の騎士だ。他の、琥珀でもなく緑でもなく、上位の、自分の対となる白の竜の騎士だ。さすがの青も、白の絆は強引に奪えなかったんじゃないか。これが琥珀や緑なら、そちらの絆を消して、青が絆を結び直す、ということもあったかもしれない」

「そんなことが、可能なんですか？」

「わからないが、白にも気づかれないまま結ぶことが可能だったんだ。青には、今までの竜騎士の常識はすべて通用しないんだとあれで実感した。つまり、青がいる今は、これまで竜騎士が蓄えた常識のすべてが覆る可能性がある」

それを聞いて、メリッサは思わず庭に視線を向けた。

今は大半の竜がねぐらに帰ってしまっているが、昼の庭の様子を毎日見ているメリッサには、平常の情景がまぶたの裏に焼き付いている。

「……子竜が庭に飛んできているくらいですからね」

「その通りだ」

ヒューバードは、メリッサの言葉に笑みを浮かべ、頷いた。

「ねぐらの奥深くで育つはずだった青の竜も、お屋敷の庭育ちです」

「さらに青の竜の親は、人間だ。もう、何でもありのような気がしないか？」

ヒューバードと見つめ合い、メリッサはヒューバードの言葉が何の誇張もない真実なのだと納得した。

「……竜騎士候補の方が竪琴を演奏している様子を見ている緑の子竜が、騎士を選ぶときの竜と同じ目をしている気がするんです」

「……メリッサ、あの緑の子竜、目の色は？」

「紫です。以前は青にも近かったのですが、最近色が落ち着きました」

一瞬の躊躇《ためら》いもなく、メリッサが答える。それを聞いて、ヒューバードはただ頷いた。

「あの子竜は、琥珀が騎士と絆を結ぶ瞬間もすぐ傍で見ていた。……このままだと、すぐには戦えず、竜の翼が育つまでは空も飛べない騎士が生まれる可能性があるな」

メリッサは、それを聞いて、子竜が竜騎士を選ぶことについての弊害を理解した。

竜騎士は、まずその背に乗り、飛べなければ話にならない。しかし子竜は人を乗せるどころか、翼が成長しきっていないために、自身の体を風の中で支えることも難しく、単体で飛ぶことも覚束《おぼつか》ない。その状態で騎士を背に乗せて飛ぶことは、まず成体の竜が認めないだろう。

そしてこれは最近わかったことだが、竜達は若年の、生まれて一年ほどの竜は、危険な場所に近寄らせない。戦いに関わること自体を危惧《きぐ》しているのか、それとも戦う能力がまだ十分ではないのか、青の竜以外は危険が予想される場所には近寄らないのだ。当然、危険だと思えば辺境伯邸の庭にも来ない。

今は生まれて翌日から庭に親が連れてくるのだから、竜達の中で何か決まり事が変化したのかもしれないが、少なくとも竜達は、自分の子供達が幼い間に戦いに関わることを忌避しているのだろう。

それだと、幼い竜と絆を結んだ騎士は、一年以上戦うこともできず、下手《へた》をすれば飛ぶこともできない。

何より、子竜の命を、竜が保護していないただの人が預かることになる。その人に何かあれば、子竜は為《な》す術《すべ》なく命を落としかねない。こんな状態の竜騎士を放置できるはずもない。

「竜騎士隊は……困りますよね」

「困るどころか……騎士も竜もここから動かせなくなるな。おそらく、子竜がここに来ることは許していても、竜騎士と子竜を王都に移動させることは許しはしないだろうし」

「そうなると……騎士の訓練にも差し支えがありますね」

「……逆なら、私という前例があるから、なんとかできるんだがな」

逆、つまり竜が成体で人の方が幼い場合のことだ。ヒューバードは、物心つく前に白の女王と絆を結んでいる。その場合、竜が騎士を守っているため、周囲を注意すればいいだけのことになる。

「人が物心つかないほど幼いなら、幼い間にうちで引き取り、竜騎士となる前提で養育すればいい。竜が子供を保護しているなら、無理やり飛ばない限り危険も少ない。要請があれば、竜と共に王都に向かうこともできるだろう。だが、竜が幼い場合は、竜のねぐらからは離せないだろうし、竜騎士も人も、かなり無防備になる。……青の竜と竜騎士隊で、新しい規則を考える必要があるのだろうな」

ヒューバードのその言葉に、メリッサも深く頷いた。

「それについては、明日《あす》にでも青と相談してみよう。竜騎士隊については、どうせ私はリュムディナの件もあり、来週にでも王都に行くことになるだろう。そのときにクライヴとオスカーに相談してみるよ」

ヒューバードはそう宣言すると、メリッサの手からカップを取り上げた。

「さて、じゃあそろそろ休もうか」

再びあっという間にヒューバードに抱き上げられ、メリッサは思わずヒューバードにしがみついた。

「あ、あの、寝室はすぐ傍ですし、歩きますから」

「……最近、訓練で新人につきっきりで、メリッサが足りてないんだ……」

疲れたようなヒューバードの言葉に、うっと言葉に詰まる。

「……足りないんですか……じゃあ、仕方ないですね」

この辺境伯邸に来てから今まで、ヒューバードは疲れているとメリッサを抱き上げる。これで疲れが取れると言われてしまうと、そうですかと受け入れるしかないとなってしまい、今ではすっかり慣れてしまった。

抱き上げるのが少しでも楽なように、メリッサ自身がヒューバードの肩に腕を回し、体を密着させて荷物に徹する。その慣れた様子をやさしい眼差《まなざ》しで見つめながら、ヒューバードはしみじみとつぶやいた。

「もうしばらくはメリッサとゆっくりする時間もなさそうだ」

「でも、竜が騎士を選んでくれてほっとしました」

「まあ、そうだ。……仕方ないな、ゆっくりするのは、もうしばらく我慢するか」

ヒューバードは微笑《ほほえ》むとメリッサに口づけをして、そのまま寝室へと足を向けた。


翌日、青の竜に話しかけることができたのは、飛来した竜達すべてにおやつをやったメリッサの手が空いたときだった。

青の竜は、メリッサがおやつをやり終わったあと、自由時間としてしばらくメリッサと一緒に過ごす。そのときを狙《ねら》って、ヒューバードはメリッサと一緒に寛《くつろ》いでいた青の竜の前に座り、前夜二人で話したことを青の竜に伝えたのだ。

「……というわけでな、あのままだと、あの子はあの男を選ぶのではないかと考えた。幼い子竜に、竜騎士の騎竜としての務めをというのは、竜達も不本意ではないかと思うんだが」

ギュー
メリッサに擦り寄りつつ、青の竜も頷き、今日もやはり演奏している青年の前にいそいそと近寄っている子竜に視線を向けた。

「今は、騎士の年齢と竜の年齢については、下限も上限もない。竜の選択について、我々は制限したくはない。だから、竜騎士として、その騎竜として、認めることは問題ないんだが……あまりにも小さな子竜では、竜騎士の騎竜としての務めは果たせない」

ギュ、ギュー……

青の竜は、心配そうな表情で子竜達を見つめている。子竜達が人に近寄ることは止めないが、危険なことはさせたくない、そんな表情に見える。

新しい竜騎士の誕生の予感と、その危険性を考えればメリッサにしても同じ表情になってしまう。

――人はあっけなく死ぬ。竜騎士とは、人としては最強の騎士だ。しかし、その称号は竜が我が身と同じように人の身も守ってこそなのだ。身を守ることができない竜が、その命をか弱い人に預ける。これに危険性を感じるのは、竜達も同じなのだろう。騎士が死ぬ場合、寿命で死ぬより、戦いで死ぬことの方が多いのだから。

「だから、年齢的な規則を設け、人、竜共にその年齢に達するまではここの庭での生活ができるよう、竜騎士隊と国を巻き込んで話をしてきたいと思う。そして、これから竜騎士が生まれるかもしれないリュムディナにも、今のうちにこの規則を浸透させておかなければならないだろう。ちょうど、と言ってはなんだが、竜騎士の新人が誕生したばかりだ。彼を送るついでに話をしてくる。その前に、何か竜達からの希望があれば、それは最優先にしたいんだが、考えておいてくれるか？」

ギャウ！

青の竜が、表情を輝かせ返事をしたそのとき、メリッサは庭に現れた人物に視線を向けた。

ヒューバードと同じ、艶やかな黒髪を肩の高さに切り揃《そろ》え、騎士服のような上着を身にまとった凜《りん》とした女性は、その姿勢を崩すことなく足早にこちらに向かってきていた。

「……お義母様《かあさま》？」

ハリーを従えながら、急ぎこちらに向かっている義母の様子に、メリッサは立ち上がって黒鋼の柵に近寄った。

義母は竜に認められてはいるが、竜の柵の中には入ることはできない。その様子から急ぎなのは理解できたので、話が聞きたければ自分達が近寄らなければならないのだ。

「お義母様、どうかしましたか？」

急ぎ足で庭に出てきたようなのだが、息は一切乱れていない。ヒューバードほどではないが、義母も日々基本的な訓練は今もしており、普通に剣も使える人だから、メリッサも特に不思議に思うことなく問いかけた。

義母は、息子と同じ空のように青い目を細め、小さく頷いた。

「今、青の竜と相談しているようでしたから、ちょうど良いかと思ったのです」

その答えに、メリッサは首を傾げた。今まで義母が、直接何かを青の竜に頼んだり聞かせたりするようなことはなかったのだ。だからこそ、メリッサは何があったのかとあらためて身を正した。

「国からの正式な書状が届きました。使者ではなく書状のみですが、封蝋《ふうろう》の紋章は国王のものです」

それを聞いた瞬間、ヒューバードも立ち上がり、義母に駆け寄った。すぐさま封書を受け取り、紋章を確かめると、懐からナイフを取り出し、封を開ける。

さっと一瞥《いちべつ》して顔を上げたヒューバードは、ちらりと青の竜の顔を見ると、メリッサに向き直り、その手紙を差し出した。

「私達二人に、使節の一員としてリュムディナに赴いてほしいとのことだ。期間は私達二人に関しては、あちらでの滞在は二週間ほど。主な任務としては、国交樹立のため、竜との交流についての意見を求めたいとある」

「交流についてというと、あの……いつもやってるおやつとかのことですか？　それなら、私達二人が赴く必要があるんでしょうか」

それなら別に、解説に行くようなことではないし、もし本格的に餌をやれるような環境を作るなら、むしろあちらから見学に来そうな気もする。

しかしヒューバードはメリッサの疑問に、難しい表情のまま首を振った。

「いや、これはむしろ、期待されているのはメリッサよりも……メリッサにいつもぴったりくっついている青だろう」

それを聞き、メリッサは思わず青の竜に視線を向けた。

青の竜は、三人で会話をしていた間にメリッサの近くまでにじり寄ってきていたらしい。今の言葉が理解できたためか、若干ふてくされているように見える。

「……あちらの国には、今、ルイスとデリックが行っている。ルイスは一応、カーヤ姫との婚約云々の行事で移動するついでにってことらしいが、デリックは速さを見込まれ今回の任務に就いたそうだ。だが……竜との交流が進んでいないらしい」

「どうしてでしょう。あちらの国の竜には、竜騎士について伝わっていない、とかですか？」

ヒューバードは、それに少しだけ首を傾げ、青の竜に視線を向けた。

「それに関しては、なんとも……青なら何かわかるかもしれないんだが、そもそもリュムディナについて知らないと言っていたしな」

青の竜はやはり、ふてくされているようだった。

しかし、よくよく見ていると、ふてくされているのももちろんだが、むしろ何か警戒しているようにも見えた。

「……青、どうしたの？」

「ん？」

ヒューバードはメリッサの言葉に釣られるように顔を上げ、青の竜を見た。

「……ふてくされている、な」

「いえ、何か、警戒しているように見えたんですけど……」

二人が問いかけても、青の竜は何も答えはしなかった。ただ、尻尾《しっぽ》の先が妙にそわそわしているような気がしたが、青の竜自身が何かを伝えようとしてくれない限り、これ以上は知りようがない。そのため二人は、青の竜についてはひとまず置いておくことにした。

「あちらへの滞在は二週間ですが、そもそも船旅でどれくらいかかるんでしょうか？」

そのメリッサの疑問に、ヒューバードはあらかじめ調べていたのかすぐに答えてくれた。

「我が国の一番大きな帆船で一週間だ。つまり、船便で往復することになれば、私達は最低四週間は家を空けることになるな」

それを聞き、メリッサの表情が不安に陰る。

メリッサは、辺境伯家に嫁ぐにあたり、その歴史についても学んでいる。この場所は、辺境伯がいない場合、辺境伯夫人が守らなくてはならない。竜のねぐらがある関係から、辺境伯夫人は長時間の不在は相応《ふさわ》しくないとも伝えられている。

さすがのメリッサも、約一ヶ月家を空けることはできないだろうと思ったのだ。

しかし、前の辺境伯夫人であった義母は、メリッサの不安そうな表情を見て、にっこりと微笑んだ。

「その条件は、船で往復ということでしょう。白の女王なら、もっと早いのではありませんか？」

「ですが、私達だけ、白の女王で移動してもいいものでしょうか？」

メリッサの問いに、義母はあっさり頷いた。

「あなた方に関しては二週間、ということは、他の使節の方々はそれ以上の滞在となるのでしょう。それはつまり、こちらが長く辺境を空けることができないと理解してくださっているためでしょう。行きは他の使節の方々と一緒でなければ無理かもしれませんが、少なくとも帰りは白の女王で帰ってきても大丈夫だと思いますよ」

「それなら王都まで片道二泊三日だな。ルイスの琥珀の小剣が休憩なしで一泊二日だそうだが、メリッサが一緒なら、休憩を取る時間も必要になるだろう」

メリッサが一緒に乗っているとなれば、さすがに休憩なしは不可能だ。さらに、風の影響をできるだけ受けないように、速度も落として進むことになる。メリッサは、白の女王に乗ることは可能だが、最高速度で飛ぶ竜の上にいて、平然としていられるような訓練などは受けていない。そのため、どうしても余分な日数がかかってしまう。

それでも、たとえ三日でも一週間よりははるかに短い。

しかし、問題はそれだけではない。

「今まで、王都に行くときは休憩に地面に降りられましたけど、海の上だとどうするんですか？」

行きが船なら、それこそ船の上で休めばいいだろう。だが、帰りはどうするのか。メリッサのその疑問に、ヒューバードはあっさり頷いた。

「すでに竜騎士が何度かリュムディティナには移動していてな。移動用の経路については調査が終わっている。ルイスやデリックのような速さ重視の竜達は休憩などしないが、資材を運搬するような場合はどうしても休憩が必要になる。そのときのための経路探索は、いつも先行する騎士の仕事なんだ」

「それじゃあ、メリッサを乗せて白の女王が飛ぶことも可能ですね？」

　義母の質問に、ヒューバードは力強く頷いた。

「メリッサは、これからは辺境伯夫人として、こちらの竜の庭を守らなくてはなりませんから、遠出などできなくなります。ですが今なら私も助けてあげられます。むしろ今しか、長く外に出してあげることは不可能でしょう。せっかくの機会です。新婚旅行だと思って行っていらっしゃい」

　その言葉を聞き、メリッサは慌てて首を振った。今までずっとこの領地を支えてきた義母をこそ、安心させてあげたいと思っていたのにと。

しかし、そんなメリッサの思いを義母もわかっていたのだろう。微笑みながら、庭にいた緑の竜達に慈しむような視線を向けた。

「私も、旦那《だんな》様の竜で新婚旅行をしたのです。私はこの国の生まれではないからと、国内をひと月かけてゆっくりと巡りました。その間は、家のことは旦那様のお義母様がしてくださいましたよ。その順番が巡ってきているだけです」

　しばらく緑の竜を見ていた義母は、メリッサにあらためて向き直り、ヒューバードによく似た表情で微笑んだ。

「メリッサ、はじめから気負う必要はありません。竜に慣れ親しんでいるからと、すべてをあなたが背負う必要もありません。本来なら嫁いで一年ほどの花嫁は、辺境伯家に慣れることに精いっぱいで、仕事などできはしないのです。それを考えたら、あなたはよくやっています」

そういって少しだけ肩をすくめた義母は、ヒューバードにもの言いたげな視線を向けた。

「まあ、普通は竜に慣れるところからだからな。そもそも、竜達との毎朝の交流も、本来なら夫人だけの仕事でもない」

「そういうことです」

よく言ったとばかりに頷く義母に、メリッサは肩の力が抜けていた。

「青の竜も、メリッサと一緒に旅行に行くのはきっと楽しみでしょう。むしろ新婚夫婦に、仕事も負わせて申し訳ないのだけど……」

「い、いえ！　あの、でしたら、お言葉に甘えます。……ありがとうございます、お義母様」

メリッサも、ヒューバードと旅行と言われたら素直に嬉《うれ》しいのだ。ただ、自分には務めがある、仕事があると思ってしまうと手が上げられなくなって、素直に喜べなかっただけで。

仕事ではあるが、ヒューバードと一緒に遠出ができる。それだけで、本心では飛び上がれるんじゃないかと思うほどに嬉しいのだ。

「青、一緒に旅行に……」

笑顔で青の竜を振り返ったメリッサは、そこでぴたりと動きを止めた。

青の竜は、何やら葛藤《かっとう》してもだもだと体をひねり、尻尾をピシピシと地面に打ち付けていた。

「あ、青……？　あの、もしかして、旅行いや？」

ンギャルゥゥ
違うらしい。違う違うと頭を振っているが、何か気になることがあるんだろうかと思った瞬間、はっと思い出した。

青の竜が、生まれてからただひとつ、結局今に至るまで克服することができなかったことがある。

「……もしかして、海がいや？」

ンギャ!?　……ギャウゥゥゥ
旅行がいやなわけではない。

青の竜は、リュムディナに行くために、海を越えることを警戒していたのだ。

青の竜の背後で、白の女王が黄昏《たそが》れたように遠くを見ていた。そう、結局白の女王の泳ぎ指導は、水への苦手意識を植え付けたままで終わってしまい、今も青の竜は水が苦手なままだった。水を警戒する青の竜が、広大な海を飛ぶと聞けば、今のように警戒するのはわかりきっていたことだった。

「……青、お前のねぐらは世界中にあると聞いたんだが。海を渡らないことには、世界中には飛べないだろう」

それを聞き、メリッサは驚きを隠せなかった。

「青は、他のねぐらに行かなければならないんですか？　ここだけじゃなく、海を越えた先にある場所も？」

「ああ、そうだ。青は他の色と違い、世界中の竜から王として扱われる。青は、生まれた瞬間、世界中の竜達に、その誕生が伝わっているそうなんだ。それなのに、その王が海を怖がり、いつまでも配下の竜達に顔も見せないのは、竜達すべての不安を煽《あお》るのではないかな」

それを聞いて、メリッサの表情は不安に曇る。

そんなメリッサの足元では、青の竜が上目遣いでヒューバードを見つめていた。がりがり地面に爪《つめ》を立てながら、今も葛藤しているらしい。

メリッサと旅行に行きたい。だけど海はいや。青の竜の気持ちとしては、そんなところだろう。

ギュー！　ギュルルル、グルル
「……まあ、遠洋に出れば、辺り一面海だな……地面が見えないといやなのか」

ギャウ！

青の竜による力強い肯定だった。

「……足場として、帆の少ない船でも用意してもらいましょうか」

義母の言葉に、ヒューバードは即座にそれを否定する。

「青が海を越えるたびに、いちいち船を出すのは現実的ではないでしょう。それに、竜の速度と船の速度では違いがありすぎます。船の速度で飛ばす方が、竜には負担も大きくなってしまうし、かといって船では竜の速度は出ない」

　つまり、竜が海を越えるなら、飛ぶしかない。

「青。一応船には航路というものがあってな。ずっと海の上ではなく、島を経由していくことになる。食料や水、物資を運びながら進んでいくことになるから、一週間ずっと海の上ということはない。夜ごとの休憩が必要なら船の上に休憩できる場所を作るくらいはできるだろうが……それではだめか？」

　ンギュウゥゥ
「竜騎士の移動経路は、島経由だ。一日で移動可能距離を移動し、島に降りて休憩となる。帰りはこの経路をメリッサと一緒に移動する。行きだけ我慢してくれればいいんだが」

　うつむきながらがりがりと地面を削り、悩み続ける青の竜の前に、メリッサは腰を下ろした。

　そして下から顔を覗《のぞ》き込み、真剣な表情で語りかけた。

「青……もう一度、練習してみましょう」

　ンギャ⁉

「海の向こうに、あなたが会うべき竜達がいる。ねぐらにいる、ここの竜達と同じように、あなたを待ちわびている竜達がいる。海を越えないと、竜達に会えないなら……あなたが越えるしかない。だから、練習しましょう。もう、青は大きくなった。それなら、あのときのように沈んだりしない。まず、足のつくイヴァルトの港で、ちょっとだけ練習してから頑張ってみよう」

青の竜は愕然《がくぜん》としていた。

それは当然だろう。今までメリッサはずっと味方だったのだ。メリッサが、青の竜が怖がっていることを誘ったことはない。青の竜をずっと励まし、応援してはいたが、青の竜が本当に嫌がっているときに、無理に誘うようなことはなかったのだ。

それでも、メリッサは青の竜をしっかり見つめ、もう一度「海に行こう」と声に出す。

青の竜は、世界中の竜達の王なのだ。今はいい。まだ子竜だ、まだ成体になったばかりだと言い訳もできる。だけれど、このままでいいはずがない。

自分のねぐらを見に行けない、そんな王竜がいるだろうか。海が怖い、泳げない、だから他のねぐらへは行かないなんて、言えるだろうか。

これから長く生きていくはずの青の竜が、他の竜が青の王竜に会いたいと願う心を、海が怖いから放置し続けて、平然としていられるのだろうか。

メリッサが傍にいて、甘えていられる時間は竜の一生を考えれば短いものだ。傍からいなくなったあとまで、海を越えられないことを悩み続けるようなこと、メリッサはあってほしくはなかった。

だからこそ、海への恐怖心を克服するなら、自分が動ける今しかない、そう思ったのだ。

「今度は、私も船の上で一緒に見ているわ。何ができるわけでもないかもしれないけど、ずっと、ちゃんと見ているから」

……ギャウ？

「本当に傍にいるわ。大丈夫よ。私も海に落ちていいように、できるだけ重くない服を着て、船の上にいるわ。もしそれで私が海に落ちたら、青は助けてくれる？」

「メリッサ!?」

……ギャウ
慌てたようにヒューバードは叫んだが、メリッサのその言葉で、青の竜は間違いなく頷いた。

メリッサが海に落ちたときは、助ける。

それはつまり、メリッサが落ちたときには助けられるようにならなければならない。メリッサは、自分の身の安全をたてに、青の竜を奮い立たせたのである。

青の竜の了承を得て、慌ただしくメリッサとヒューバードの旅立ちの支度は調えられた。

ほぼひと月近く家を空けるために、仕事に関しては不備が起こらないようにしていかなければならない。

ただ、ヒューバードはすでに仕事については遠出できるように片付けている。元々、今はイヴァルトとリュムディィナの竜騎士隊についての話し合いを持つために、王都に行く予定があったためだ。たまたま竜騎士の誕生も重なり、今回の国からの依頼も重なったが、出かけることについては変わりなく、ひと月ほどなら問題もない。

メリッサの方は、元々義母がしていた仕事を受け持っていただけだ。そのため、引き継ぎなどもほとんどなく、順調に旅立ちの支度は調った。

確かに、義母の言葉どおり、旅に出るのは今しかなかったのだろう。

旅立ちの日、二人は庭に立ち、竜達と竜騎士候補の面々の前に立っていた。

「ここ数日見ていたが、今の状態なら問題はない。竜達に音楽を聞かせる場合、賑《にぎ》やかなものは禁止するが、演奏自体は構わない。ただ、子竜に聞かせる場合、近くに産み親の竜がいるか確認すること、そして紫の竜が庭にいることを条件として、許可をしよう」

「は、はい、ありがとうございます！」

最近、庭で竪琴を奏でていた青年は、嬉しそうな表情で礼をのべた。

竜の庭では子竜が尻尾を振りながら、前日夜間にここに到着した竜騎士達の周囲を、喜びも露《あら》わな表情でぐるぐる回っていた。

竜騎士達にとっても、子竜は珍しい。なにせ、騎竜に招かれてねぐらに行ったとしても、会わせてはもらえない。子竜の寝屋は王竜の玉座のすぐ傍、つまり竜達が大切に存在をひた隠しにしている場所に集めて育てていたのだ。

子竜達への土産《みやげ》を手に笑み崩れる迎えの竜騎士二人に視線を向け、少しだけため息を漏らしたヒューバードは、あらためてこの場にいる竜騎士候補達へと言い聞かせる。

「竜達が興奮している場合は、すぐに逃げるように。これは候補諸君全員への通達だ。どんなに親しくなりかけた竜が相手でも、竜の興奮を察知したら即座に逃げる。忘れるな」

「はい」

全員の声が重なり、庭に響き渡った。

メリッサはと言うと、その時庭に残る紫の竜の前にいた。

この紫の竜は、ねぐらの中でもかなり年長の竜だ。白の女王はもちろん、現在竜騎士隊長をしているクライヴの竜、紫の盾よりも上だと聞いている。いつもはねぐらを守る役割をしているらしいのだが、今回、子竜達の移動にあわせ、この庭を守るためにめったに見せない姿を庭に現したのだ。落ち着いた緑の眼差しは、しっかりとメリッサに向けられている。

「子竜達もいる今、留守にしてごめんなさい。紫達みんなに、私達が留守の間のここの守りをお任せします」

グルゥ
目を細める紫の竜を前に、メリッサはにっこり微笑んだ。

そちらも青をよろしく、そう言われた気がしたのである。

ずっとねぐらを守っていた威厳ある竜は、今も落ち着いた表情でメリッサの頬を軽く鼻で突き、挨拶《あいさつ》を済ませたのだった。

辺境伯領から王都へ、今回は二日かけた旅程となる。

なにせ、竜に乗り慣れていない、竜騎士見習いとの旅路である。熟練の竜騎士であるヒューバードに守られながら竜の背に乗るメリッサとは違い、新人とはいえ竜騎士見習いはひとりで騎乗しなければならない。

ただでさえ慣れない竜の背で緊張している見習いに、休憩なしでの飛行は辛《つら》いものとなる。そのため、休憩を多く取り、疲労の蓄積を少しでも減らすよう旅程が決められたのだ。

初日の夜、宿泊地に降り立った一行は、ヒューバードも加えた竜騎士達によって野営の支度が調えられた。

この場所は、竜騎士が野営のために用意している場所で、野営用の道具が揃えられた小さな番小屋がある。竜騎士の紋章がついたその場所を荒らすような野盗はこのイヴァルトにはいるはずもなく、竜騎士達はその中から物資を取り出し、着々とその日の野営地の設営を終えた。

しかし、その中で、ぐったりと横たわったままぴくりとも動かない人物がいた。

「……あの、新人さん、大丈夫ですか？」

はじめて騎士を迎えた琥珀の竜が、自分の前脚で守るようにしながら、倒れたままの自身の騎士を見て心配そうに鼻先で突いている。

この場に到着した直後に倒れ、そのまま動かない新人を見て、さすがにここまでとは思わずにメリッサが尋ねると、三人の竜騎士達はそれぞれ顔を見合わせ、肩をすくめた。

「新人が初めての長距離飛行をしたんだ。そうもなるさ」

顔見知りの琥珀の騎士からそう告げられたメリッサは、ヒューバードの手招きを受けて、素直に彼の元へと向かった。

「手を離した場合どうなるかは、一度経験させたから理解している。命綱があるから落ちることはないし、すぐに助けが入ることはわかっていても、恐怖心は消えない。肉体的な疲労より、精神的な疲労であぁなるんだ。しばらく休ませてやればいい」

それを聞いて頷く現役竜騎士二人は、笑いながらかつて自分達が通った道を辿《たど》る後輩に、食料と水を渡しに向かった。

真っ先に休んだ新人を置いて、残りの四人で火を囲み、翌日からの予定について話し合う。

その中でまず話題が出たのは、今も若干大人《おとな》しい青の竜についてだった。

そう、珍しいことに、今日は青の竜がメリッサを抱え込んでいなかった。まだ葛藤しているらしく、白の女王の懐に顔を潜り込ませて、ギューギュー鳴き続けているのだ。

「で、ほんとにあれ、なんとかなるのか」

「まさかあそこまで、海を怖がるようになるとは思ってなかったからな……」

竜騎士達には、青の竜の言葉は正確に聞き取れないらしいが、僅かなりと絆が繋がっているヒューバードにはちゃんと聞こえているらしい。ヒューバードは、その内容を聞きながらふぅとため息をついた。

「明日到着したら、メリッサは青について海に行くことになるが……」

「はい。……練習時間、どれくらいあるんでしょう」

使節団が結成され、出発式を行い、船は出港することになる。すでに船の用意はされているのだろうが、正確な出発日時は辺境まで届いていなかった。

竜騎士隊でも、現在リュムディィナで任務に就いているデリックが、今回の使節団で護衛につく竜騎士と交代することになっている。そのためその日程について、情報も共有されていた。

「重要な行事となると、二人が到着したあと四日後に使節の任命式、そのままその日は夜会があって、使節団での顔合わせなんかをやってから、翌々日に出港だな」

それを聞いて、メリッサは難しい表情で俯いた。

「では、私が海にいられるのはどれくらいでしょうか」

メリッサを膝《ひざ》に乗せたヒューバードは、その問いについて少しだけ考えて、竜騎士達に視線を向けた。

「メリッサは一応使節団の行事には顔出しが必要だろう。他はやらなくても任命式の日は最低限出席義務があるだろうが、それをさらに減らすことは可能か?」

そう問いかければ、竜騎士二人はあっさり頷いた。

「元々メリッサは、青の許可がなければ動かせないってことになってるんだから、その青のためって理由ならどんな行事も欠席が許されるだろ」

「ヒューバードが言うように、さすがに任命式は直接国王から任命書をもらわなきゃいけないからだめだろうけど、夜会なら一瞬顔を見せればいいんじゃないかね。とすると……」

「……つまり、私が青の練習に一緒にいられる時間は出発日を除いて四日ですか」

基本的に貴族の妻は、夫の行動に追従するものであるため、最終判断はヒューバードに委《ゆだ》ねられている。

ヒューバードは二人の視線を受けると、それを了承するように軽く頷いた。

「どちらにせよ、今回青が海を越える覚悟を決めてくれないと意味がないからな。もし、青が海を越えられないなら……メリッサは王都で青と留守番になりかねん」

「……それは、いやです」

メリッサの頭の中に、出発前、義母と交わした会話がよみがえる。

「これから先、私が国外に出られるのは緊急事態でもなければ不可能ですよね。いつか青は、世界中にある竜達のねぐらへと行かなければならないのかもしれないけど、私はその旅についていくことはできません。……今回が、唯一の機会かもしれないんです」

その瞬間、今まで白の女王の懐に顔を埋めていた青の竜から聞こえてきていた唸《うな》り声が途絶えた。

「青が、ちゃんと成体になって、海を越えられるようになっているのか、それを自分の目で見られるのも、これっきりかもしれないんです。青と一緒に、青の大切な竜達の元へ行けるのもです。私が頑張れることなら、いくらでも力を尽くすのですけど……」

メリッサにできるのは、青の竜をただ応援することだけ。青の竜自身が、やる気を持ってくれなければそれも意味がない。とっさに自分の身をたてにはしたが、そんなことよりも言葉を尽くした方が良かったに違いない。

メリッサが青の竜に視線を向けると、その青の竜と目が合った。青の竜は、辺境の空を凝縮したような目を、じっとメリッサに向けていた。

……ギュアァ？

「青。私はあなたのお母さん。あなたが選んでくれた、あなたのお母さん。……だからこそ、いつか私は、旅立つあなたを見送るの」

ギュルル……クキュー

じりじり近寄り、メリッサの足元にうずくまった青の竜は、メリッサに自身の角を擦りつけた。

「一緒にいられる間に……一緒に旅に出られる間に、あなたが旅立つために必要なことを、たくさん、たくさん、一緒に経験したい。だから青、海に行こう。一緒に海を越えよう、青」

足元にそっと身を寄せた青の竜に、メリッサは語りかける。見上げてくる青の竜の眼差しは、僅かな不安に揺れているように見えた。

ギュ、ギュウゥ？

青の竜が語りかける言葉は、メリッサの耳には言葉としては届かない。本当か、と問いかけられていると感じたが、それが正解なのかはメリッサ自身にはわからない。けれど言葉がちゃんと通じるヒューバードが、その答えをメリッサの代わりに返してくれた。

「青、メリッサは、自分の夢を叶《かな》えたんだ。メリッサの夢は、竜騎士が、そして竜が、空から降りる場所を守る人になること。私の妻となることで、メリッサはその役割を担うことになった。今はまだ新人だから自由な時間もあるが、辺境伯夫人は辺境にいることを求められる。今後は、いつでもどこへでも行けるとはならないんだ」

ギュー……グルルル、グルル

ヒューバードは、青の竜に誠実に答えている。視線を正面で合わせながら語るのは、竜達の流儀。だからこそ、青の竜もしっかりと耳を傾けるのだろう。

ギュ、ギューア！

「そうか。メリッサ、青が、一緒に海に行くそうだ」

その答えに驚き、顔を上げたメリッサは、慌ててもう一度青の竜に視線を向ける。青の竜は、しっかりとメリッサに視線を合わせ、何かを決意したような表情でメリッサを見つめていた。

「……うん、一緒に海に行こうね。ちゃんと練習しているところも見ているからね」

顔を優しく抱きしめ、角を撫でると、青の竜は嬉しそうに喉《のど》を鳴らした。

そんな母子の様子を見ながら、竜騎士達はもうひとつの懸念について、口にした。

「これで青の竜は海を越えられるかな……ただ、越えた先のリュムディナの状況が、いまいちわからないんだよな」

「そういえば、ルイスはなんて言ってきたんだ。……あいつから、青を頼るような言葉が出るってことは、竜のねぐら探しが難航しているのか？」

ヒューバードの問いに、竜騎士二人は肩をすくめ、首を振った。

「どうやらあっちには、辺境ほどの大きなねぐらはないらしい。やっぱり、イヴァルトのねぐらは特殊らしいな」

リュムディナに向かったルイスが最初に見つけたのは、街から半日ほど飛んだ先にある密林の中に住まう、二頭の琥珀の竜だった。

海を隔てた地から来た竜を客として迎え入れ、琥珀の竜達は少しだけ警戒しながらも話を聞かせてくれたらしい。

「あっちには今のところ、上位竜はいないらしくてな。それならと探してみても長老も見つけられないらしい」

「……紫もいない？」

「少なくとも、紫がいないのは確実らしい。ただ、長老と呼べる竜はいるらしいんだが……リュムディナの竜は、長く生きている竜ほど、人を警戒しているらしい。長老は人嫌いで、姿も見せたくないんだそうだ。だから他の竜達もその長老に追従して、騎竜だけなら受け入れるが、背中に乗ってる騎士を警戒して、姿を見せないしねぐらの位置も明かさない。ルイスが会ったのはかなり若い竜で、好奇心が旺盛《おうせい》だったから話も聞いてくれたらしい」

それを聞いたヒューバードは、なるほどと小さくつぶやき、頷いた。

「だから青か。おかしいとは思った。もし色の問題なら、白でも十分だろうと思ったんだ。わざわざあいつが、メリッサごと指名してくるとは思わなかったからな」

それを聞いて首を傾げたメリッサに、ヒューバードは至極簡単にねぐらの竜達の代表と呼ばれる存在について語った。

「竜達には明確な順位がある。それはメリッサもわかっているだろうが、上位の色は生まれにくく、確実にいつでもねぐらにいるとは限らない。いない場合は当然ながら、緑の青目が最上位となるわけだが……緑の青目は、数も多いんだ」

それはメリッサにもわかる。辺境のねぐらも、上位の竜、つまり青や白は別として、紫も広大な辺境の渓谷でも指折り数えられる数しかいないのだ。去年は青が生まれたが、それ以外は緑と琥珀しか生まれていない。ちなみに青の竜の次に若い上位の竜は、なんと白の女王なのだ。そしてその白の女王のすぐ年上はとなれば、現在紫の貴婦人と呼ばれている、王弟オスカーの騎竜である紫となる。

「長い年月上位竜が生まれず、上位竜がまったくいない状態になると、緑の竜の中で、最も長い年月そのねぐらにいた竜が最上位となる。この場合、目の色も関係ないそうだ。その生きた歳月によって最上位になった竜は、長老と呼ばれている」

「目の色が、関係ない……」

「ああ。緑の竜達の間では、目の色は目安にはなるがそれほど力の変化があるわけでもないらしくてな。結果として長く生きて知識の蓄積がより多い方を上に据える、ということなんだそうだ」

「それに、長老は一頭だけではなく、何頭かいるんだそうだが……長く生きているだけに、隠れることにも長《た》けていて、なかなか姿を見せてくれないんだ」

ヒューバードの言葉に補足するように、琥珀の竜騎士が語る。それを聞いたメリッサは、なるほどと頷いた。

「辺境のねぐらでも、紫の長老がいますよね。あの竜は緑目の紫ですけど、他の紫達もかなり尊重しているように見えます」

「ああ、そうだ。そしてあれも、なかなか姿を見せないだろう?」

「はい。覚えている限り、庭に来ていたのは結婚式のときと、今日の見送りのときだけだったかと」

いつもはずっとねぐらにいるらしいが、ねぐらでもなかなか姿を見せない竜だ。今回姿を見せていたのは、青の竜が他の大陸に移動するために見送りに来ていたのだろうとヒューバードは説明した。

「あの紫は、一頭で長老としての役割を持っている。イヴァルトには今、青も白も揃っているから、特に前面に出てくることはないが、常にねぐらを見ているのはあの長老となる。それと同じ役割をしている竜が、リュムディナにもいるだろうと思われるんだが……」

「それをルイスさんは見つけられないということですか」

竜騎士三人は揃って頷いた。

「基本的に、竜は色ごとに抱え込める領域と記憶量が違う。上位に行けば行くほど範囲が広くなるのは間違いないんだが、おおまかに言うと紫なら国、白なら大陸、そして青は世界と言われている」

「世界……」

「つまり青なら世界中すべての竜は一族だ。色ではなく、経験によって選ばれている長老の竜に話を聞いてもらうために、ルイスは別の大陸の白ではなく、素直に世界中の竜達が頭を垂れる青を呼び出したんだ。……つまり、そこまでリュムディナの竜は、人を警戒しているということだ。長老に従っている竜すべてが、人との繋がりを警戒するくらいに、関係が悪化しているということでもある」

メリッサは、思わず息を呑《の》んだ。

元々、リュムディナが急いで竜との繋がりを求めているのも、竜の密猟について今まで放置されていたと思われるためだ。すでに呪われた鱗が海を渡り、リュムディナに伝わってしまっていた件もある。竜と人との仲が最悪の状態になる前にと急いでイヴァルトとリュムディナの国交が結ばれようとしているのに、すでに険悪一歩手前となれば、極限まで急がなければならないということだ。

「……のんきなことは言っていられないな。何が何でも、青には海を渡ってほしい。メリッサ。他の何も気にすることはない。すべてにおいて優先するのは青を海に慣れさせることだ。私からオスカーに伝え、メリッサの任命書も私が代理で受け取れるようにしよう」

その場で起きていた全員が目を見開いた。

「それ、大丈夫なのか？」

まず心配の声を上げたのは、現役竜騎士だった。騎士だけに、国王からの任命の重要さをわかっているためだ。

「なんのための王弟、なんのための最高指揮官だ。オスカーも竜騎士になったんだ。ここでその身分を遺憾なく発揮してもらう」

愕然としている竜騎士二人の前で、青の竜は、やる気に満ちた表情ながらメリッサに甘えるように体を擦りつけていた。

そしてメリッサはというと、そんな青の竜を撫でてやりながら、漠然とした不安と、今まで感じたことのないような焦りを感じ始めていた。


王都に到着した一行は、まず王宮の竜の庭へと降りた。

すでに入城申請はしていたらしく、メリッサも問題なく青の竜と共に庭に降り、竜達に挨拶を済ませると、慌ただしく竜騎士隊との打ち合わせに入った。

今、メリッサについての許可を求めるはずのオスカーはこの場にいないが、騎竜である紫の貴婦人は竜舎の中で寛いでいたので、竜越しに打ち合わせに参加するらしい。そのため、庭で他の竜達から挨拶される青の竜に断って、メリッサも竜舎の中に入り、ヒューバードの傍で打ち合わせに参加していた。

「……で、青に泳ぎを覚えてもらうために、終日海に行かせるつもりなんだが」

さっそくとばかりに本題を切り出したヒューバードに、その場にいた竜騎士達は一斉に困ったような表情で空を仰いだ。

「メリッサは、まあ、青の代理親だしな……当然青についてなきゃいけないし、行事の欠席も許される、か？」

「海を怖がるって、まずいだろう。こうやって相談している間も、もう青と一緒に海に送り出した方がいいように思うんだがな。青が海に行くとなれば、少なくともその範囲は立ち入り禁止にして、あと護衛も出した方がいいだろう」

「そうかぁ……青は泳げなかったかぁ」

「まあ、ねぐらで水場って言うと、あれだろ、底にある川。あれじゃあ、泳ぐ練習はできないし、あの川が繋がってる場所にある池も、滝壺《たきつぼ》以外はあんがい浅いし。普通なら、生まれて一年でようやくねぐらを離れて、海に飛んでいくくらいだろう？　だったら泳げないのもまあ、当たり前じゃないか」

最後に副隊長がそう口にすると、その場にいた全竜騎士がうんうんと頷いた。

隊長のクライヴとヒューバードが、ふっと顔を上げると、すぐ傍にいた紫の貴婦人がグルゥ、と呼びかけてきている。

どうやら、オスカーが紫の貴婦人を経由して何かを伝えてきたらしい。

メリッサには聞こえないが、この場にいる竜騎士達には色に関わりなく全員が反応を示したところを見ると、下位の竜達の騎士にも伝わるように紫の貴婦人は鳴いているらしい。そのためか、全員が一斉に頷いている。

「メリッサ。オスカーが許可を出した。一応、任命式には顔を出してもらいたいようだが、それ以外の行事に参加する必要はない。ずっと青についていてもいいそうだ」

その言葉に、メリッサはヒューバードを見上げ、首を傾げた。

「本当に、ずっとついていていいんですか？　夜会とか、そういった行事は……」

「……今回、何としても青にはあちらに向かってほしいんだそうだ。どうやら、すでにリュムディナでは密猟の気配があるらしいが、人だけでの捜査では、ときおり出回る竜の遺物が正規品か密猟品かの調査から始めなくてはならない。それではどうしても後手になる」

市場に出回る竜の遺物が、正式にイヴァルトで認められ、呪いなど存在しないものなのか、それとも竜から奪われたものか、その区別はただの人にはわからない。竜騎士の騎竜が見て、はじめてその被害について調査が進むことになるだろう。

しかし、現地の竜が竜騎士を受け入れていないとなればこの捜査すらできない。

より青の竜の重要性を理解し、不安を感じたことが顔に出たのか、隣にいたヒューバードは肩を抱き寄せ、力強く頷いた。

「前は、青も体が育ちきっていなかったから、浮かぶことができなかっただけだ。今はもう、体も育っているから、青が深い場所に入りさえすれば、浮かぶことは難しくない。休憩のためなら、とにかく浮かぶことができたら、船旅について行くことはできるだろう」

以前海に行ったときは、青の竜はまだ体が小さく、それなのに翼が大きかったために、浮かぶときに均衡が取れず溺《おぼ》れてしまった。それ以降、青の竜は大きくなって遠くまで空の散歩で行けるようになっても、海には近寄らなかったようだ。普段、辺境にいる間に、メリッサと一緒に泳ぐ練習として顔を水につけてはいたが、全身が水につかるのはその溺れたとき以来となる。

メリッサは、自分が不安そうにしていたら、青がもっと不安がることがわかっていた。そのため、軽く自分の頬を叩《たた》き、気合いを入れた。

——その瞬間、突然傍の寝屋に入っていた紫の貴婦人がなにかに気づいたように一瞬顔を上げ、そしてメリッサの頭をつんとつついた。

「貴婦人、どうしたの？」

メリッサが顔を上げたそのとき、竜騎士達も一斉に出入り口に顔を向けた。

「……どなたか、いらっしゃいませんか」

響いてきた声に、不安でうつむきがちだったメリッサの背中が勢いよくまっすぐに伸びる。それはメリッサにとって、条件反射のようなものだった。

「侍女長様！」

慌てて、竜騎士達と揃って入り口へ向かい、立っていた女性の姿を見て思わず姿勢を正す。

メリッサにとって、王宮の侍女長はもうひとりの母のような存在である。生まれたときに取り上げてもらい、さらに侍女としての基礎を叩き込んだその人は、前と変わらず凛とした表情で竜舎の扉の前にいた。

「オスカー殿下より、義娘メリッサ様のお支度をとのご命令を受け、お迎えにあがりました」

「支度、ですか？」

突然のことで疑問も露わにメリッサが問えば、侍女長はその表情を変えることなく肯定した。

「これから海で散策ができるお支度をと承ってまいりました。お衣装についてはご用意できておりますので、ご安心ください」

それを聞いたメリッサは、思わずヒューバードに視線を向けた。ヒューバードは紫の貴婦人越しにオスカーから教えてもらっていたのだろう。落ち着き払って侍女長へと告げた。

「妻をよろしく頼む。メリッサ、衣装はオスカーが用意してくれていたものだ。海に行くなら、空の上で着ていたものは重すぎるから。安心して侍女長と一緒に行っておいで」

「は、はい」

何が何やらわからないまま送り出され、侍女長について歩くメリッサは、その辿る道が自分がかつてここに住んでいた間、毎日通っていた道だと気づいた。この道の先に何があるのか、メリッサが忘れるはずもない。

「オスカー殿下よりご伝言です。せっかく竜舎に来たのだから、両親にも顔を見せておくといい。出発が迫ると、その暇もないだろうから、だそうです。衣装は第四食堂のお部屋を使って整えますから」

誰もいない道で、ようやく微笑んでくれた侍女長は、道の先にある懐かしい実家へと向かうようメリッサを促した。

「あら、じゃあすぐにリュムディナへ行くの？」

支度を調えるメリッサの隣で、侍女長の手伝いとして部屋に入っている母がそう問いかける。

現在の時刻はお昼を少し過ぎたところで、本来なら料理長である母も忙しく厨房《ちゅうぼう》で働いている時間だが、今は副料理長である父がひとりで厨房を切り盛りできるようになったために、少し抜けることも可能になったらしい。娘の支度を手伝うという理由で、生活空間である二階に上がってきてくれたのだ。

侍女長の手で髪を結い上げられながら、メリッサ自身は鏡越しに母を見て答える。

「リュムディナでも、青はやっぱり王竜なんだって。だから青が行って、国交樹立のついでにあちらの様子を見てくるの。私は、青の竜にこの鱗をもらったから、青の竜と人との間で問題がないように、一緒に行くことになるの。竜が人に鱗を渡すのは、信頼していることを示す最高の行動だから、あちらにいても、竜と人を繋ぐ役割ができるんだって」

メリッサが左手につけた青の竜の鱗飾りを母に見せて微笑むと、母も納得したように頷いた。

「そうなの。大変なお役目なのねぇ。でも、リュムディナということは船旅なのよね。だから泳ぐ練習をしていくの？」

「竜は船よりも速いから、どうしても休憩が必要になるの。海の上で休むときは、竜も海に浮かぶのよ」

母がどこまでのことを知っているかわからないため、メリッサは青の竜が水を怖がっていることまでは口にしなかった。そして、密猟についても伝えないまま、にっこりと笑った。

「じゃあ、殿下のお許しがもらえたら、お弁当を作ってあげる。竜も元気が出そうなやつを作ってあげるから、頑張ってね」

母は笑顔でそう告げ、メリッサの頬に挨拶の口づけをして、職場である厨房へと戻っていった。

それを見送った侍女長は、再びメリッサの髪に手を伸ばし、海風で髪が乱れないよう髪留めで固定しながら、メリッサに問いかける。

「副料理長にも挨拶していきますか？」

その問いに、メリッサは首を振った。

「忙しい時間に、母の顔を見られただけで十分です。それに、今日慌てて会わなくてもまだ時間はありますから」

メリッサの答えに侍女長は少しだけ笑みを見せ、母の友人としての表情で肩をすくめた。

「あなたもすっかり大人になりましたね。ガイはすねるかもしれませんが、娘が立派に成長したのだから、父親の貫禄《かんろく》を見せる意味でも、しばらく我慢してもらいましょうか」

それを聞いてメリッサは、父のすねる姿を思い起こし、思わず苦笑した。

着替えを済ませ、海に行く支度を調えたメリッサは、そのまま紋章のない馬車に乗り、海を目指したのだった。

第二章　遥《はる》かな一歩を踏みしめて

今日《きょう》のヒューバードの予定は、王都に到着後そのまま軍の関係者と内々で竜騎士と竜の叙任年齢について会議を行うことになっており、海には竜達と一部の竜騎士が青の竜と共に水浴びをしているふうに見せかけ、護衛をしてくれるのだと伝えられた。

すでに護衛を務める竜騎士は海に向かったらしく、メリッサも逸《はや》る気持ちを抑えながら、港へと向かう。

王都の港は、河口付近にある遠浅の河口に造られている。竜ならあっという間に到着できる距離だが、馬車なら四半時ほどかけ向かうことになる。

メリッサは、薄手の白いワンピースを着て、その上に一枚、丈が短めの白い上着を身に着けている。初夏の現在、上着は少々熱が籠《こ》もるのだが、海風はまだ冷たいからとの心遣いであるため、素直に身に着けた。

ワンピースが薄手のため、確かにこの姿では、上空で風を直接全身に浴びる竜には乗れないだろう。だが、海に落ちたとき、スカート部分に布が多い女性の衣服では、その重さだけで身動きが取れなくなる可能性もある。そのための薄手の衣装らしい。

十分配慮された衣装は、メリッサの後見人であるオスカーが整えてくれたものなのだと聞いている。まさに、竜舎から直接現地へと向かうような事態を見越して、辺境伯家の王都の屋敷だけではなく、オスカーの宮殿にもメリッサの衣装を置いてあるのだ。

ヒューバードならば、白の女王で移動してしまえばどんな移動手段よりも早く現地へと向かうことができる。しかしメリッサは、運んでくれる白の女王とヒューバードがいなければ、どこへ行くにも馬車で向かうため、身支度にかけられる時間は少ない。

馬車の窓から覗《のぞ》いてみれば、上空を竜が飛び去る姿が見える。この王都で自由に空を飛べるのは、基本的に竜騎士の騎竜達だけだ。ここはねぐらから遠く、竜達もちょっと散歩に来るような距離でもない。

竜達はしばらく旋回したあと、まっすぐにメリッサと同じ方角に向かっているので、彼らも青の竜が泳ぐ練習をするのに付き合ってくれるのだろう。それを見てメリッサはますます気が急《せ》いて、思わず小窓に手をかけた。

「すみません。急いでもらえますか」

御者に小窓越しにそう告げると、御者は言葉を返すことなく、その行動でその答えを示す。一気に速さを増した馬車は街を抜け、初夏の緑に覆われた郊外の道を進む。外から、僅《わず》かに潮の香りが感じられるようになった頃《ころ》、ようやく目的地に到着したメリッサは、慌てて馬車を降りると海辺へと急ぐ。

馬車を降りた場所からも見える遠浅の海岸に、たくさんの竜達が水浴びするのに対して、砂浜で立ちすくみ、項垂《うなだ》れた青の竜の姿が見えた。

それを目にした瞬間、メリッサはできるだけ元気良く、笑顔でもって海岸に降り、砂に足を取られながら急いで青の竜に駆け寄った。

「青、お待たせ！　遅くなってごめんね」

グギューア、ギュルル
メリッサに身を寄せ、鼻先を擦《こす》りつける青の竜を、メリッサはゆっくり撫《な》でながらその足元へと視線を向ける。青の竜の体は、ちょうど波打ち際の海水が前脚の爪《つめ》につくかつかないかの位置で止まっていた。

「頑張ろうね」

……ギュアァ
青の竜の視線も、やはり足元へと向かい、足に押し寄せようとしている波を見て、尻尾《しっぽ》の先を軽く動かしながら勇気を振り絞り、海へと入る機会を窺《うかが》っているようだ。

足を上げ、一歩進もうとした瞬間波が寄せ、びくりと身をすくませ、波が引くと足をそっと降ろす。機会を窺っていると言えばそうなのだろうが、やはり体が海に向かうことを拒否している、という感じに見える。

「青、足の先をこの濡《ぬ》れた場所に少しだけ進めてみようか。……あと少し、ほら」

ギュゥ……。

メリッサが青の竜の前脚を撫でて小さな声で応援するが、やはりそれでも足はなかなか進まなかった。

そんなひとりと一頭に突然背後から声が掛けられ、振り返ったメリッサはそこにいた人物を見て、目を丸くした。

「ジミーさん？」

それは、メリッサが辺境伯家に行ってから、はじめて竜騎士として竜に選ばれた青年だった。ちゃんと正騎士の軍服を着ているところを見ると、見習い期間は終わり、正騎士として勤めはじめたらしいとわかる。

よくよく沖を見てみれば、ジミーの騎竜である緑の篭手《こて》も他《ほか》の竜達に交じって海に浮かび、寛《くつろ》いでいるようだった。

「メリッサさん、小舟のご用意もありますが、沖に出ますか？」

「え、あの、もしかしてジミーさんが護衛ですか？」

「はい。今日は特に任務もなかったので。それに、緑の篭手は暇があるとああして海に浮かんでますから、ちょうどいいと隊長から言われて」

少しだけ照れたように告げたジミーは、メリッサを導き、小舟の元まで案内した。

それに乗り、ジミーが手漕《てこ》ぎで緑の篭手の手前に移動する。

「ここの浜辺は、このあたりまで浅く、小柄な竜達でも足が底につきます。緑の篭手がいるあたりで急に深くなっていますが、ここまでなら青の竜も足がつくと思います」

どうやら、竜騎士達の間でも、どうすれば青の竜が怖がらずに海に入れるかと考えていてくれたらしい。ここにいる他の竜達も、緑の篭手や他の騎竜達で、深くなる場所を教えてくれている。

あとは、青の竜が一歩、海に入ってくれるのを祈るばかりになっていた。

「青、おいで？」

クギュー、キュルルル

頑張る、と言っているが、その足はどうしても進まなかった。前脚を上げ、降ろそうとするたびに波に撫でられびくりと前脚を引いてしまう。

水に慣れる訓練として、水のたまった桶《おけ》に顔をつける練習はしていたのだが、やはり辺り一面水に囲まれた場所では勝手が違うのだろう。

メリッサは何度も小舟の上から青の竜を呼んだが、結局その日、青の竜は一歩も海に近寄ることはなかったのである。

翌日、白の女王でヒューバードに送ってもらい、朝から青の竜と海に降り立ったメリッサは、青の竜と共に海を前にして気合いを入れる。その様子を見て、ヒューバードはメリッサの肩をぽんと叩《たた》いた。

「あまり時間がないことは確かだが、気合いを入れすぎると船旅で起き上がれなくなりそうだ。あまり無理はしないようにな」

「はい、大丈夫です！」

ギュア！

今日は朝からメリッサが一緒だったためか、青の竜もやる気に満ちている。

白の女王が城に姿を消した瞬間、城から数頭の竜達が飛び立ち、海に向かって移動を始めた。おそらくヒューバードと白の女王が、青の竜とメリッサの居場所を伝えたのだろう。竜達の大半は騎士が乗っていなかったが、数頭の騎竜は、背中に騎士を乗せてきていた。

「みんなも来てくれたわ」

青の竜もそれを見て、嬉《うれ》しそうに尻尾を振った。

「じゃあ、今日も頑張ろう」

メリッサは、そう告げてぽんと青の前脚に手を当てた。そしておもむろに、靴を脱ぎはじめる。

メリッサの行動に、青の竜が驚いたように目を見開いて固まった。

今日の衣装は、水色のワンピースと、鍔《つば》が大きく広がった麦わら帽子である。昨日《きのう》侍女長に着せてもらった白いワンピースと形はそれほど違わない。布地も薄目のものだが、昨日とは少し違う部分もあった。

スカートの丈が、昨日のものより少し短いのだ。

ギュ?

不思議そうな青の竜に、メリッサはひとまず右足の靴を手にしてにっこりと笑った。

「今日は私も海に入るわ」

ギュア!?

辺境伯家に揃《そろ》えられていたメリッサの衣装の中で、一番丈が短く薄手のものを選んできたのだ。この服は本来、今の季節に乗馬するときのための衣装だった。

メリッサが乗馬をおこなうことは、経験のあるなしにかかわらず、あり得ないことだろう。おそらくだが、メリッサが馬に乗ろうとすれば、その馬は竜の視線に晒《さら》され、怯《おび》えて使い物にはならないだろうし、下手《へた》をすれば攻撃されてしまうこともあり得る。

しかし、そのことと貴族の付き合いは別の問題なのだ。

乗馬の会があったとして、たとえ乗ることがなくとも、その会場に相応《ふさわ》しい服装というものがあり、周囲に溶け込む乗馬用の服というのは必要になるのである。

しかしメリッサは、衣装部屋で他の衣装よりもずっとスカート丈の短いこの服を見て、ひと目で今日はこれを着ると決めたのだ。

貴族の女性が外で靴を脱ぐようなことはないし、短めのスカート丈も、本来ならあり得ない。

あり得ないというなら、そもそも貴族女性は海に入ろうなど考えもしないだろう。そのための衣装など、揃えられているはずもない。

だが、そんなこと、メリッサには関係なかった。

「青、私もね、今日はじめて海に入るのよ」

ギュー？

少し照れたように微笑《ほほえ》んで、メリッサは青の竜を足元から見上げていた。

靴下越しの砂浜の感触は不思議なものだ。砂浜の砂は踏むとしっかりした地面とは違い、自由に形を変えて足に絡みついているような気がする。

足元を気にしながら、メリッサは海に向けて足を一歩踏み出した。

昨日、船の上で青の竜を呼びながら、これではだめなのだと思い直したのだ。

船が出せる場所は、この浜から少し距離がある。それだけ遠浅ということだが、声を掛けるメリッサとしてはもどかしさが強かった。

メリッサの足が波をかぶる。気がつけばすでに足元は波打ち際で、メリッサの足を濡らした波は、すでにその場から離れている。その感触を不思議に思いながら、メリッサはさらに足を沖へと進めていく。

ギュアァ

「大丈夫よ、青。足が冷たくて気持ちいいわ」

メリッサは、微笑みながら心配そうな表情をした青の竜に手を差し伸べる。そうやって少しずつ、メリッサ自身で導き、海に慣らしていけばいい。それが、昨日考え出したメリッサの作戦だった。

青の竜は、メリッサの導きを受け、一歩また一歩と波打ち際へと足を進めた。そして、昨日と同じ位置に来ると、再びぴたりと足を止める。

昨日はあの位置まで、一頭で頑張ったのだ。しかしそこからはどうしても足が進まなかった。一頭でも、あそこまでは頑張れたのだ。ならばここから先は、メリッサも一緒に頑張ればいい。

「大丈夫、おいで」

入ったことのなかった海に、足首まで浸かる。足元の砂はぐにぐにと頼りなく波で形を変え、水を吸ったスカートが足元に絡み、水の重さと相まって足を絡め取られているようで歩きにくい。それでもメリッサは、笑顔のままだ。

竜は偽りの表情はすぐにわかる。心に嘘《うそ》はつけない。メリッサの奥底までに染みついたそのヒューバードの教えは、今もちゃんと心の奥に刻まれている。

メリッサは、足元が絡め取られ歩きにくいとは思っていても、それが不快だとは考えていなかった。だから青の竜に手を差し伸べ、大丈夫だと微笑んで見せた。

「メ、メメメ、メリッサ!?　なんで海に入っているんだ!?」

突然声を掛けられ、顔を上げると、そこにはなぜか騎士服のまま波を掻《か》き分け海に入ってきた竜騎士隊長のクライヴがいた。

「青のためです！　それよりも、クライヴさんが今日の護衛担当なんですか？　会議とか、リュムディナのこととかの話し合いがあるんじゃないんですか？」

「竜騎士隊は出発準備もすべて完了しているからな。それに俺《おれ》らは国に仕える騎士だ。よその国では、命じられたことを粛々と遂行するだけ。決めるべきことが決まれば、一番暇なのは隊長ってことだ」

それを聞いたメリッサは、思わず首を傾《かし》げた。

「でも、ヒューバード様は連日会議ですが」

「あれは竜騎士隊とは別のことで会議に出席中だ。リュムディナの竜達もその青の一族だというなら、辺境伯家の持っている青の鱗《うろこ》はあちらでも効果があることになる。それについての取り扱いについての話し合いだ」

それを聞いて、メリッサは自分の左手にある飾りに目を向けた。これもまた、青の竜の鱗である。当然、辺境伯家の持つ鱗と同じように、リュムディナの竜にも効果があることになる。

「……これについてはいいんでしょうか？」

「メリッサは貴族の妻ではあるが、その鱗はメリッサ個人に贈られたものだろう？　ヒューバードの持ってるやつは、イヴァルトの辺境伯の証《あか》しであって、あいつ個人の持ち物じゃない。貴族の証しが、よその国でも効力を発揮するとなったら、持ち込みはどうするのかって問題になるわけだな」

「でも、持っていかないと、竜達との話し合いがどうなるのか不安ですね」

メリッサの言葉に、クライヴはただ苦笑して肩をすくめた。

「ま、そうだ。結論が決まっているのに当事者以外がぐだぐだするのが貴族の会議ってもんらしい」

メリッサはその状況を想像し、小さくため息をついた。

「それはそうと……メリッサ、ドレスのまま海に入ったら危ないだろう。波に攫《さら》われるぞ」

それを聞いて、ようやくクライヴの焦りの意味を知ったメリッサは、大丈夫だと頷《うなず》いた。

「ちゃんと、限界はわかっています。膝下《ひざした》までは入れませんが、青が水の中に一歩入るための手伝いがしたかったんです」

クライヴは、メリッサの表情を見て、納得したようにため息をつくと、突如青の竜に視線を向けた。

「青、いいことを教えてやろう」

突然声を掛けられ、波をじっと睨《にら》みつけていた青の竜が顔を上げた。

「女王に海に落とされたんだろう？　女王の教育方針は、元を辿《たど》ればヒューバードを育てた方法ってことだ。女王も若いうちから城にいたから、竜の子育てははじめてだったんだよ。……つまりヒューバードは、海に落とされて泳げるようになったわけだ。女王はそれをお前にも適用した」

……ギャウ？

訝《いぶか》しげな青の竜に、クライヴはそのまま苦笑して説明した。

「人間だって、泳ごうと思ったら練習しなきゃならん。浮くだけならなんとかなるが、泳ぐとなればまた別だからな。ヒューバードだって辺境育ちだろ？　海に入ったのは、この場所がはじめてだ。で、あいつはいきなり海に飛び込んだ女王の背中にいて、はじめて海に入ることになったわけだ。で、死に物狂いで女王の背中に戻るってのを繰り返して泳ぐことを覚えたんだ」

クライヴの説明を聞き、メリッサははじめてそのことに思い至った。クライヴの言葉通りだ。辺境には、竜が全身入れるような広い水場はないが、同じく人が泳げるような場所もないのである。そもそも泳ぐ必要がないため、辺境育ちのヒューバードが泳ぎなど覚えているはずがない。

しかし、大河に囲まれたイヴァルトでは、泳ぎの基本を身につけているものは存外多い。そのことを知った白の女王が、ヒューバードを泳げるように鍛えたのがここだったのだろう。そしてその方法は、白の女王独特のものだった。

「お前がいきなり海に落とされたのもそのせいだ。言い換えりゃ、ちゃんと人が泳ぎを覚える姿を女王とヒューバードに教えられなかった俺らのせいだな。すまなかった」

それを聞き、青の竜はしばらく呆然《ぼうぜん》と波の前でたたずんでいた。少しだけ口を開けているのは、驚きのあまり、といった感じだろうか。

どうしたのかとメリッサが困惑の表情で見守っていたところ、突然何かを決意したように真剣な表情になると、いきなり波に足を一歩踏み入れたのである。

「……青！」

ギャ！　グギャーウ！

先ほどまでの戸惑いはどこへ行ったのかという勢いで、波を掻き分けて行く青の竜の姿に、今度はメリッサが呆然とすることになった。

「……どうして……？」

メリッサの戸惑いの表情を見て、にやりと笑ったクライヴは、あっけなくその理由を言い放った。

「青だろうが王竜だろうが、自分の女に求められたことを、他の男ができたのに自分ができないなんざ矜持《きょうじ》が許さんだろうよ」

「矜持……」

メリッサは、勢い良く沖に進んでいく青の竜を心配そうな表情をしながら見つめている。そのメリッサの肩に、大きくてがっしりした手がぽんと乗せられた。

「メリッサ、子供はいつまでも子供じゃない。母親に手を引かれていなくとも、子供はちゃんと先に行く方法を自分なりに考えていくもんだ。だからな、あんまり思い詰める必要も、危険を冒す必要もないんだよ」

　そう告げるクライヴの言葉に、メリッサは眉根《まゆね》を寄せ、項垂れた。

「……私は、よけいなことをしたんでしょうか？」

「いいや、一番大事な最初の一歩、青が海に入れたのは、メリッサが一緒に入ったからだろう。それから先は、もうメリッサの力はなくても大丈夫だったたってだけさ」

　満面の笑みでメリッサを力づけるように背中を叩いたクライヴは、その次の瞬間、なにかに気づいたように空を仰ぎ見た。

　それに釣られてメリッサも顔を上げてみると、城の方から何頭かの竜達が飛び立ち、こちらを目指して一直線に向かってきていた。

「……背中に騎士が乗ってないな……っ、まずい」

　その瞬間、メリッサの視線はクライヴの体によって遮られた。耳元に、嵐《あらし》のときのような風の音が響き、全身に風が叩きつけられる。クライヴがかばってくれていなければ、おそらくメリッサはそのまま均衡を崩して海に倒れていただろう。しかし唯一かばわれていなかった麦わら帽子が、その風で勢い良く巻き上げられた。

「あっ」

　ほんの小さな驚きの声だった。メリッサは、常日頃《つねひごろ》からよほどのことがなければ声を抑えてしまう癖もあり、風に巻き上げられた帽子を見ても、小さく声を上げただけだった。

しかし、その声を聞いた瞬間、青の竜が反応し、メリッサに視線を向けた。その目はそのまま飛んでいく帽子を追いかけていく。

そして青の竜が、その帽子を追いかけはじめた。迷いなく沖へ、空を見ながら勢い良く走っていく。そして深くなる場所へと到達すると、つい先ほどまで怯えていたとは思えない勢いで海の中へと飛び込んでいった。

竜の巨体が海へと飛び込む勢いは、メリッサのところまで大きな波を到達させるほどのものだった。波を受け、腰から下がずぶ濡れになりながらも、メリッサは青の竜の元へと向かうため沖に足を踏み出した。

「青！」

青の竜は、今も海に沈んだまま姿を見せない。メリッサの帽子だけが波間に浮かぶ景色に、メリッサは思わず波を掻き分け、沖へと向かおうとした。

しかし、次の瞬間、小さな水音と共に、浮かんでいた帽子がなにかに持ち上げられるように宙に浮かんだのである。

青の竜は、空の青を凝縮した色だとよく言われる。その色合いは青い硝子《ガラス》が最も似ているらしく、青の竜は青い硝子の飾りをとても大切に寝屋に飾っていた。その青色が波間にまぎれ、メリッサの帽子を持ち上げていた。間違いなく、それは青の竜の鼻先だった。鼻先だけを突き出し、メリッサの帽子を持ち上げていたのだ。

そのまま、メリッサの帽子はまるで空を飛ぶようにふわふわと浅瀬に向かって移動してきている。

「っ、青！」

メリッサが呼びかけた瞬間、どうやら浅瀬に到達したらしく、青の竜の頭が水の上に飛び出した。メリッサの帽子を鼻先に乗せ、青の竜はずぶ濡れでなぜかずりずりと身を伏せたまま、波間を移動してきていた。

「青、青！　大丈夫？」

メリッサが駆け寄ると、青の竜は鼻先を突き出し、メリッサの前に麦わら帽子を差し出した。

「……ありがとう、青」

青の竜は、ずぶ濡れのまま、目をぎゅっと閉じていた。それを見て、メリッサは慌てて自らの袖《そで》で青の竜の目元にたまっていた滴を拭《ぬぐ》う。そして、何度も水滴を拭いながら、メリッサは自然と言葉が口をついて零《こぼ》れ出た。

「……良かった……青が、無事で良かっ……」

気がつくと、メリッサの目からは涙が零れ、袖で拭う青の竜の目元よりもひどい有様だった。

青の竜も異変を感じたのか、恐る恐る目を開けると、メリッサを見た瞬間驚いたように目を見張った。

ギャ!?　ギャウ？

青の竜が心配してメリッサの顔を覗き込むが、メリッサにはその問いかけに、答えることもできなかった。

傍《そば》で見ていたクライヴは、なぜか安堵《あんど》の表情で肩をすくめると、青の竜に視線を向ける。

「やったな、青。海に入れたじゃないか。沖で顔が出せたってことは、浮くこともできたんだろう？」

グギュゥ……グゥ
おろおろしながらも青の竜が頷くと、クライヴはにやりと笑った。

「それならあともう一歩だ。すぐに泳げるようになる。メリッサの涙を止めたいなら、お前が元気良く泳ぐ練習ができるのが何よりの薬になるさ。ほら、もう一回、行ってこい」

クライヴの言葉を受け、青の竜はもう一度メリッサに顔を向けると、首を傾げた。メリッサはそんな青の竜に、まだ涙は止まらないものの、笑顔を浮かべて頷いてみせた。

「メリッサ！　海に落ちたというのは本当か!?」

青の竜が自分から海に入るようになって少しあと、城から白の女王が飛び立った。白の女王ならそれも当然とばかり、ほんの瞬《まばた》きほどの間に気づけば浜辺の上空に到着し、いつものようにゆっくりゆっくりと降りてくる。

そしてその背中から、到着するのを待つのももどかしいとばかり、かなり上空から飛び降りてきたヒューバードの第一声が、先ほどの言葉だった。

確かに今の姿を見ると、海に落ちたと勘違いしてもおかしくないほどずぶ濡れだ。両袖は青の竜の顔を拭ったために濡れていない場所を探すのも難しいし、下半身のスカート部分は水で重くなったために僅かな膨らみも力なく窄《すぼ》み、重々しくメリッサの足に絡んでいる。

たとえクライヴが騎士らしい大きな体でかばってくれていても、竜の速度で巻き上げられた海水が頭上から雨のように降り注いだため、髪からも水がしたたっている。

心配させて当然の有様だったメリッサは、それでも慌てて身繕いをしてヒューバードの元へと移動したが、その背中を見ながら、クライヴが肩をすくめてどこへともなく言葉をかけた。

「俺はメリッサが落ちたとは言ってないぞ。青が海に飛び込み、メリッサがずぶ濡れになったとは伝えたが……女王、ちゃんとヒューバードに伝えたか？」

グルァ

心外なと言わんばかりの白の女王の表情を見て、メリッサもようやく落ち着いた表情でヒューバードに向き合った。

「ご心配おかけしました。一応、私が入ったのは膝下くらいまでなんですが……波しぶきを全身に浴びてしまったんです」

しかし、メリッサがそう伝えても、ヒューバードの表情は陰ったままだ。それだけ心配をかけてしまったのだと、あらためて申し訳なく思う。

ヒューバードのその表情は、当然ながらクライヴからも見えているわけだが、そのクライヴは仕方ないなとばかりに苦笑していた。

「ここまで濡れたなら、着替えた方がいい。手配はしてきたから、追い追い馬車が来るはずだ」

ヒューバードはそう言うと、着ていた上着を脱いでメリッサの肩にかける。

脱いだばかりの体温を心地よく感じるくらいに体が冷えていたらしい。メリッサは、上着の前を手でぎゅっとあわせながら、そう言えばとヒューバードに向き直った。

「ヒューバード様、青が海に入れたんです」

「昨日は、結局一歩も入らなかったと言っていたのにか……？」

少しだけ驚いた表情で、ヒューバードは海へと視線を向ける。その視線の先には、浅瀬で体を横たえている青の竜がいた。

青の竜の体は、浅瀬とはいえ足元はすべて水につかっている。その状況で平然としているのは、確かに今までにはない状態だろう。

「深い場所に全身入っても、ちゃんと顔を出せた。ひとまず、水が怖いって状況は脱してる。泳ぎの練習はこれからだが、まあ、最悪船で移動させることはできるんじゃないか」

クライヴの言葉を聞き、ヒューバードはようやく安堵したような表情で、メリッサに微笑みかけた。

「メリッサ、ありがとう。いったいどうやったのかはわからないが……」

ヒューバードの疑問に、メリッサは一瞬口ごもったが、結局素直に今日の報告を始めた。

それを聞いたヒューバードの表情がどんどんなくなっていったのだが、それはメリッサにはどうしようもない。

「……クライヴ……」

その表情を見て、クライヴは声を出して笑いながら、ヒューバードの背中をばんばんと叩いていた。

「ここに来た頃、毎日毎日女王に沈められた甲斐《かい》があったなヒューバード。おかげで青のやる気が出せたぞ」

それを聞いて、なんとなく事情を察したらしいヒューバードがクライヴを恨めしげに睨んだが、結局は海で水遊びをするまでになっている青の竜を見て、深い深いため息をひとつ吐《つ》いて、何かを納得したように頷いたのだった。


青の竜は、その日のうちには水に慣れ、深くなる手前まで行けるようになっていた。

そして翌日には、恐る恐るではあるが、自ら深い場所へと向かい、最終的には浮かんでいられるようにまでなった。

それを見て、確かに竜は海に浮かびやすい生きものなのだと、メリッサにも納得できた。

一度ぷかりと浮かんだら、青の竜はまるで水鳥のような姿で海にぷかぷか浮かんでいるのだ。確かにあの姿で浮かんでいられるならば、竜を連れた船旅のときは海で休むと言われて納得せざるを得ない。

そんな寛いだ青の竜の姿を見て、迎えに来たヒューバードは柔らかい笑みを浮かべ、メリッサの労をねぎらった。

「あれができるなら、もう大丈夫だな。泳ぐ必要はないわけだし、あとは空から海に入る練習だな」

「海に入る練習……？」

今まさに入っているのにこれ以上何の練習がいるのだろうとメリッサが首をひねれば、ヒューバードは空を指さし、メリッサに説明した。

ヒューバードが指さした先には、琥珀《こはく》の竜達がいる。その琥珀達は、先ほどから青の竜が練習しているよりさらに沖で、頭から水に飛び込む遊びをしていた。

「今、青は浜から歩いて海に入っているだろう。だが、船旅のときは、周囲にそもそも陸がないからな。飛んでいる状態から、海に降りてくるしかない。飛んでいる状態から海に着水し、今浮かんでいるような姿勢になるための練習をするんだ」

今、琥珀は遊びであるから頭から海に突っ込んでいる。しかしあれでは確かに休むという状態にはほど遠い。

「さすがにそれは、私には教えられませんね」

「それでも、メリッサが傍で見ていれば、青も落ち着いて練習できるだろう。だが、その前にメリッサは任命式だな」

「はい」

青の竜が、ひとまず水に浮くことができるようになったことで、メリッサにも余裕ができている。安心して任命式に挑めそうだと、今も海に入ってぷかぷか浮かんでいる青の竜の様子を見ながら、笑顔になったのだった。


任命式は、城の中で最も広い謁見の間でおこなわれる。

以前来たときは、メリッサが青の竜の代理親として、王から勲章を授けられたのだが、その後いろいろあって青の竜が窓から飛び込んでくることになったんだったと思い出す。

それからまだ一年も経《た》っていないはずだが、なんだかずいぶん懐かしいようにも感じている。

あの日壊された窓枠はきちんと修復され、今日もしっかりと磨かれた透明な硝子が、室内を光で満たしている。

式典に、メリッサは虹色《にじいろ》の光沢のある白いドレスを身にまとって出席した。

所々に青いリボンが飾られ、そのリボンによって、裾から徐々に色合いに変化を持たせている。

この場所で、白を基調としたドレスを身にまとえるのは、ある意味メリッサだけだろう。今日はドレスで竜の前に出ることがないために、珍しくリボンもフリルも付いた普通の華やかなドレスを身にまとうメリッサは、若干ドレスの足元を捌《さば》くのに苦労しながら、ヒューバードにエスコートされている。

身支度は王都辺境伯邸と王宮のオスカーの宮殿に勤める侍女達が総出で手をかけたものだ。ドレス自体は、王都で式典に参加するときのためにと、元々ヒューバードが注文してくれていたらしい。

そのヒューバードの衣装も、今日は辺境伯としての装いであり、その色は青。その色合いは、やはりヒューバードしか身に着けられない色となっている。

謁見の間近くの控え室で懇親会に向かうための身繕いをしていたメリッサは、あらためて身に着けたドレスを見てつぶやく。

「……こんな華やかなドレスを身にまとうことになるとは思っていませんでした。このドレスだと、竜達のところに行けませんね」

そう言いながら、照れたように微笑むメリッサの顎《あご》に手を添え、ヒューバードは穏やかな表情で口づけを落とした。

「よく似合ってる。白が、そのドレスが欲しいと言っているから、あとからこっそり見せてやってくれるかな」

それを聞いて、メリッサは少しだけドレスに視線を向け、そして頷いた。

「王宮の竜の庭じゃなく、辺境伯邸で着てみてもいいですか？」

「じゃないと、竜達が大騒ぎで、白の寝屋に飾るどころじゃないだろうな……」

僅かに肩をすくめたヒューバードは、再び部屋を出るためにメリッサに腕を差し出す。その腕に手を添えて、メリッサは再び王宮の廊下へと足を進めた。

任命書は、使節団の団長を務める伯爵がまとめて受け取る形でおこなわれ、その後懇親会として立食式の宴《うたげ》の会場へと移動する。メリッサも、一応はじめの挨拶《あいさつ》までは参加し、そのあとは速やかに退出することになっていた。

「メリッサは、侍女としてはここまでは来たことがなかったのか」

「そうですね。このあたりは、見習いは立ち入りができませんでしたので。以前勲章をいただいたときがはじめてでした」

あの日は、自分が謁見の間に来ることになるなんてあり得ないと思っていたなと思いつつ廊下を歩いていると、途中で護衛を連れたオスカーが立っていた。

少し癖のある焦げ茶の髪は、今日はしっかりと梳《くしけず》られ、しっかりと流し固められていた。長年騎士として国軍の前線を指揮してきたオスカーは、竜騎士とは違いしっかり鍛えられた体をしている。それを一分の隙なく覆っているのは、王族が身に着ける紺色の天鵞絨《ビロード》の上着と豪《ごう》奢《しゃ》なマントである。

竜騎士ならば、重々しいそれらを身に着けることはないが、オスカーは今日、王族として会に参加するため、その衣装なのだろう。メリッサが最近見慣れていた竜騎士としての軍服ではないが、やはりこちらの衣装もオスカーにはよく似合うと思った。

現在オスカーは竜騎士としての務めよりも、元の軍高官としての仕事が忙しく、王都に来てから一度も顔を見ていなかった。しかし任命式のあとの交流会では挨拶ができると聞いていたため、これが用意された挨拶の場であることを察し、その場で足を止めた。

今日の護衛は普通の近衛《このえ》騎士らしく、メリッサが見知った相手はいない。実家の第四食堂は騎士や兵士が主な客だったが、近衛騎士は元々上位貴族の血筋であることも条件に入っている騎士だからか、あまり来ることがない。そのため、騎士達の中でも、メリッサがわからない騎士は、大体近衛隊に所属している騎士達となる。

「メリッサ、久しぶりだな」

「ご挨拶の機会を設けていただきありがとうございます、オスカー殿下。一昨日は、衣装の手配をしてくださったこと、お礼申し上げます」

王宮の廊下で、しかも近衛兵に囲まれているオスカーに、竜の庭と同じ態度で接するわけにもいかず、メリッサは淑女の礼をすると、オスカーが顔を上げるようにとメリッサに告げる。

「メリッサは辺境伯夫人ではあるが、私は君の後見人であり、書類上とはいえ義理の父でもある。そこまでかしこまる必要はないだろう。いつも通りにしておいで」

そう告げられ、メリッサは顔を上げて微笑んだ。

「青は今、どんな様子かな」

「王都にまいりましてからゆっくり時間が取れましたので、存分に泳ぐ練習ができました。幸い、浮かぶことができるようになりましたので、本日は竜騎士隊のお力をお借りして、着水の練習をしております」

よどみなくメリッサが答えると、オスカーは笑顔で頷いた。

「今、リュムディナは、すでに密猟者に竜達が狙《ねら》われている状態だという。一刻も早く、竜との関係を構築し、悲劇的な結末となることを防がなくてはならない。人と人との関係構築なら、専門の者は他にもいる。だから二人には、青の竜と共に竜達の説得に当たってもらいたい」

オスカーの言葉に、メリッサは静かな声で答えた。

「謹んでお受けいたします。その務め、青の竜の代理親として果たしてまいります」

メリッサの言葉を、小さく頷き受け入れたオスカーは、そのまま視線をメリッサの隣にいたヒューバードへと移した。

「ヒューバード、青とメリッサをよく導いてやってくれ」

「辺境伯として、竜騎士として、国の名に恥じぬよう務めてまいります」

オスカーは、それを聞いて頷くと、突然片手をあげ、近衛騎士を遠ざけた。

「……ここからは、竜騎士としての話だ。ルイスからの連絡では、つい最近、密猟者がいた気配があるらしい。あきらかに不審な武装集団が、王都から少し離れた森の傍に拠点を置き、荒らし回っていたようだ」

「……それは、人間を相手にする盗賊ではなく、か？」

　オスカーは、その質問に難しい表情で腕を組んだ。

「そもそもその森に、人が近付くことはないんだそうだ。なにせ竜の飛来地のすぐ傍で、人の生活する場などなにもなく、森は狩人《かりゅうど》すら避けて通る場所だそうでな。そんな場所で、人相手の盗賊が何を狙うのかとな」

「……それはつまり、リュムディナの竜達のねぐらがその森の近くにあるのですか？」

　メリッサの問いに、オスカーは僅かに首を傾げる。

「そうとも言いきれない。そこは確実に竜が生存する場があるわけではないそうだ。あちらにいるルイスとデリックが一週間ほど、毎日空を飛んでみたが、竜が飛び立つ姿どころか、その気配すら感じなかったんだそうだ」

　それを聞いて、メリッサはヒューバードに視線を向けた。しかし、ヒューバードはヒューバードで、何やら難しい表情で考え込んでいるようだった。

「それは……竜はもうそこにはいないのではありませんか？」

「ああ、ルイスもそう判断した。だからその翌日からは、竜だけで好きな場所に行くように告げて、飛ばしてみたんだそうだ。そうしたらそこからさらに離れた場所に、ようやく一頭琥珀を見つけたそうだ」

琥珀の竜が一頭と聞いて、メリッサがまず思ったのは、少ない、ということだ。メリッサが知るのは辺境のねぐらだけなので確定的なことは言えないが、竜達は意外なことに、集団生活を普通に営む生きものでもあるのだ。

生まれた子供達を年長であまり飛ばなくなった竜達が面倒を見ていたり、ねぐらを守るために、複数頭で協力して見回りなどをしていたりする。

竜達は階級社会だからこそ、そんな集団生活が当たり前なのだと今まで思っていたメリッサは、その竜がたった一頭で森にいたと聞いて不思議に思ったのである。

「その竜は、本当にその地方で生まれた竜なのですか？　実は旅の途中とか……」

竜がある程度育つと、旅に出ることもあるというのは知っている。実際、青の竜は確実に将来、世界を飛び回ることになるとつい先日聞いたばかりだ。

一頭だけで旅をして、森などに身を隠して体を休めることなら普通にあるだろうと思ったのだが、オスカーはそれに関してはわからないと首を振った。

「どうもな、背中に竜騎士がいると逃げるんだそうだ。どれだけ騎竜達が、これは自分が絆《きずな》を結んだ相手だと説明しても、姿を見た瞬間逃げていくと報告にはあった」

「それは……少なくともイヴァルトではあり得ないことだな」

ヒューバードも、その状況を聞いて若干表情を曇らせた。

竜騎士を見て逃げる、ということは、人という形であれば、どれも竜達の忌避対象になっていることを意味する。

「……それはつまり、言葉が通じるかどうかもわからないのか」

「ルイスもデリックも、影しか見えずと報告している以上、言葉をかける間もなく逃げられたんだろうな」

さすがのオスカーも、すでに青の竜が出る以外の手段は出尽くしたと感じていたのか、ほとほと困ったように肩をすくめた。

「さすがに、青の言葉はあちらも聞いてくれると期待するしかない。いきなりこちらを信用してくれと頼めるほどの信頼関係は難しいかもしれない。今回ばかりは、メリッサでも難しい可能性がある。竜の傍に行くときは、必ず青とヒューバードに傍にいてもらうようにな」

「は、はい」

オスカーからの注意事項に、メリッサも素直に頷く。

「使節としてメリッサがあちらで必要になりそうなものは、王都にいる辺境伯家使用人と私で揃えておいた。王族の姫が主催する茶会に出席できるだけのものは揃えておいたから、支度は侍女に任せて大丈夫だ。メリッサの世話役は、女性ひとりの帯同が許されたから、辺境伯家でひとりつけることになっている。あちらに行ったら、通訳を兼ねたリュムディナの女官をつけてもらえるそうだから、安心するといい」

それを聞いて、メリッサは大きく目を見張った。

「え、あの、私はいったい何に出席をする予定なんでしょうか?」

慌ててメリッサがオスカーに尋ねると、オスカーは少しだけ意外そうに答えた。

「カーヤ姫の婚約に付随する一連の行事だ。カーヤ姫の主催するお茶会には、正式に招待されている。あちらでの日程のうち、三分の一ほどはその行事の方に時間を取られることになる」

王都に来てから、そのあたりの説明はあったらしいが、メリッサは青の竜にかかりきりだったために聞く機会を逃していたらしい。

ヒューバードの顔を見れば、あっさり頷いていることから、ヒューバードはメリッサの予定を理解しているらしい。その上で、青の竜のことが一段落しなければ、伝えても頭に入らないと思って伝えなかったのだろう。確かにその通りだったので、メリッサはその心遣いに感謝しこそすれ、異論はなかった。

「じゃあ、ルイスさんはこれからずっとリュムディナで暮らすんですか?」

メリッサの問いに、ヒューバードはすぐに否定した。

「ルイスはリュムディナではなくイヴァルトの騎士だから、こちらに帰ってくることになる」

ヒューバードがそこまで断言するなら間違いはないのだろう。しかし、それならばカーヤがどうなるのか、不思議に思った。

「ルイスは、ひとまず結婚式まではリュムディナに滞在する。結婚したら、カーヤ姫がイヴァルトに来ることになるな」

　メリッサの疑問をわかっていたかのように、ヒューバードが答えると、それを補完するかのようにオスカーも答えた。

「一応、見聞を広げるためにという名目だが、ルイスの引退まではイヴァルトで生活するため、一時的に王家の離宮をひとつリュムディナ王家に貸与して、そこで生活してもらうことになる」

「王家の、離宮……」

　姫君のお輿《こし》入れの規模はメリッサの想像以上の大きさで、思わず唖然《あぜん》としてしまった。

「貸与はあくまでリュムディナの用意が調うまでだ。こちらに土地を用意して、屋敷を建てるそうだから……一年か二年くらいか。屋敷ができたら、本格的にその屋敷の一部をリュムディナの大使館として機能させるとのことだ。カーヤ姫はそれと同時に、竜騎士隊の視察などをおこない、リュムディナの竜騎士のための組織作りに関わることになる」

「な、なんだかすごく大規模ですね」

　思わずつぶやいたメリッサに、オスカーが苦笑した。

「まあ、身ひとつというわけではないし、姫は身の回りの世話をする者達と一緒に来るのだから、そうなるのも仕方ない」

　一騎士であり元は平民のルイスに、姫の輿入れの支度を調えることはほぼ不可能だ。それもあって、国が支度に関わるためにこれが国同士の盟約に基づくものであると示し、より華々しい話になっているのだろう。

三人で話し込んでいるうちに、交流会の時間が迫っていたらしい。そっと近付いてきた近衛がオスカーに耳打ちした。

「ああ、二人とも、そろそろ時間切れのようだ」

そうしてオスカーに促され、二人は揃って交流会へと赴いたのだった。


会場では、入ってすぐに飲み物を渡され、すぐさま乾杯へと移行した。

自分が待たせてしまったのかと思ったが、よく考えたらおそらくは交流会はオスカーの参加を待っていたのだろうと思う。

この交流会は、使節団全員が出席し、それぞれはじめての顔合わせのようなものを兼ねている。

「ひとまず乾杯が終わったあと、主催の王妃陛下にご挨拶して帰ろう」

もとよりその予定だったとばかりに、乾杯を終えるとすぐさま、この会の主催者である王妃への挨拶の列へ並ぶことにした。

軽い挨拶などを交わしつつ、列に並んでいたが、途中侍女から呼び出され、順番を先に回された。どうやら青の竜の練習云々はしっかり王妃まで伝わっていたらしく、メリッサを青の竜の元へ返すことを優先してくれたらしい。

列の前にいた人々に軽く礼をしながら、王妃の前へと進み出る。

はじめて正面から顔を合わせた王妃は、騎士見習いになれる年齢の王子がいるとは思えない、想像以上に若々しい女性だった。穏やかな笑みには親しみが込められているが、気品あるたたずまいには、若々しさと反するような威厳も見て取れる。

「ようやくお顔を拝見できましたね、青の竜の代理親、メリッサ」

にっこりと微笑む王妃からそう声を掛けられ、メリッサは恐縮しながら頭を下げた。

「は、はじめて御意を得ます……」

「ああ、堅苦しい挨拶は結構よ。我が国では青の竜も王と同等、その代理親となれば、王家と対等でもおかしくはありません。楽にしておいでなさいな」

笑顔の王妃にそう促されても、やはりメリッサにとって王族の前に出るというのは緊張してしかるべきことだった。竜の前ではいくらでも寛げるが、メリッサにとってこの場所は最も楽にするという言葉とは縁遠い場所なのだ。

メリッサの緊張を、王妃も感じていたのだろう。小さな声で笑いながら、王妃はメリッサにとって最も親しみやすい話を口にした。

「私ね、竜舎の竜達に、時々宝石を贈っておりますの。あなたは幼い頃から竜舎に出入りしていたと聞きました。もしかしたら、私が贈った宝石も、あなたが目にしたことがあるのではないかしら」

口元を扇で隠しながらも、にっこり笑って王妃はメリッサに言葉をかける。

「竜の中でも、竜騎士クライヴの竜は特別宝石が好きなの。私が宝石商を呼ぶときに、いつも紫の石も頼んで、竜舎にも向かわせているのよ」

「あ……は、はい、竜舎にいらっしゃる宝石商の方には、お目にかかったことがあります」

眼鏡《めがね》をかけた、小さな老紳士が、その身に合わぬ大きな鞄《かばん》を持ち竜舎に来ている姿は、小さな頃から何度も見かけている。あちらも、竜舎に小さい子供がいるとは思わなかったのか、はじめて会ったときは驚愕《きょうがく》の表情で固まっていたため、よりメリッサの印象に残っているのだ。

「あの方が、王妃陛下の御用商人だとは存じ上げませんでした」

メリッサが緊張しながらも笑顔でそう告げると、王妃は再びころころと笑い、そう言えばと話を変えた。

「青の竜は、濃い青の硝子がお好みなのだとか。最近は、青い硝子で作られた装身具も、流行の兆しがあるのです。リッティアで作られているのですけど、ご存じ?」

それを聞き、メリッサは目を見張った。

「はい、存じ上げています。あの、リッティアの領主夫人には親しくしていただいて、お手紙でやり取りをしているんです」

青の竜と共に、はじめて仕事で赴いたリッティアは、この国でも指折り数えられる貿易港を有した領地である。それと同時に、近くに竜のねぐらから続く川が海に流れ込む場所があり、そこが竜の飛来地となっているため、長年辺境伯家ともつきあいがある、竜の扱いに慣れた街であったのだ。その場所の名産が硝子であり、最近は青の竜と同じ色合いの硝子を街全体で作り、名物となりつつあると手紙には書かれていた。

その街の領主夫人シャーリーは、貴族の友人がいなかったメリッサにとって、最初の貴族の友人である。

リッティアの名をこの場所で聞くことになるとは考えていなかったメリッサは、驚きと喜びで、思わず顔がほころんだ。

「まあ、お友達でしたのね。私今度、リッティアの青硝子で青の竜に贈りものを用意したいと考えていたんですの」

「青に、ですか」

メリッサがそう尋ねると、王妃はええ、と笑顔で軽く答える。

「あなたは辺境で、竜と共にあらねばならぬと聞いていますが、お手紙くらいは差し上げても大丈夫かしら。もし良ければ、青の竜へ贈る飾りについて、お手紙で相談してもいいかしら？」

「は、はい、光栄に存じます」

メリッサがそう答えたところで、時間切れとなった。まだまだ挨拶を続けなければならない王妃の時間をこれ以上とれるわけもなく、メリッサは退室の挨拶をして、交流会の会場をあとにしたのだった。

青の竜はそれから出発の前日まで、ずっと竜騎士達がつきっきりで着水と離水の訓練を続けていた。それだけ、竜騎士達としても青の竜をリュムディナへと向かわせなくてはならないと思っていたということだろう。その甲斐あって、青の竜ははじめに水に入ることを怖がっていたとは思えないほどに落ち着いて離着水できるようになっていた。

メリッサは、毎日竜騎士隊から、預かってきたというお弁当を受け取り、浜辺で青の竜の訓練を見ながら、ひたすら応援していただけの毎日を過ごした。

「私はこうして座っているだけなので、なんだか申し訳ない気持ちです」

ひとまず休憩の時間となり、様子を見に来たヒューバードと、海から出てきた青の竜、そしてヒューバードを乗せて来た白の女王とで、浜辺で昼食の時間を過ごす。

お弁当はメリッサの実家である第四食堂からの差し入れで、それぞれ父が具を挟んだパンを、母がケーキを用意してくれたらしい。

辺境伯家に就職して城を出るまで毎日食べていたなじみの味は、久しぶりに食べてもおいしい。メリッサには料理を、そして竜達にはそれぞれりんごが用意されていたため、休憩に入る前にそれぞれに食べさせておいた。

青の竜は、一頭だけでも海に浮けるようになって自信がついたのか、満足そうに浜辺に横たわり、体を乾かしている。

「明日《あす》には出発なんですよね」

「ああ。荷はすべて積み終えているから、あとは人が乗り込むだけだ」

その明日乗り込む船は、現在王都の港の沖合に停泊している。ここの港は遠浅であるため、大型の船は入港できず、ああして沖合に泊まった船に、港から小舟で移動して乗り込む形になるらしい。もっとゆとりのある日程であるなら、国の中でも大型船の受け入れが可能な港からの出発らしいのだが、今回はとにかく急ぎリュムディナに向かうことが優先されているため、王都から直接乗り込む形になったらしい。

「青達はどうするんですか？」

「今リュムディナにいるデリックと交代するためにランディが一緒に向かう。船を護衛しつつ飛んでいくことになるから、白と青もランディの槍《やり》と一緒に飛んでいくことになっている」

竜騎士としての経験が豊富なランディなら、長距離飛行のときの速度なども考慮して適時休憩も入れてもらえる。ここ数日でようやく海に慣れた青の竜も安心して飛べることだろう。そう思い至りメリッサは安堵の表情で胸を撫で下ろす。

しかし、そんなメリッサに、ヒューバードが微笑みながら告げた言葉は、メリッサがすっかり忘れていた現実について思い起こさせるものだった。

「メリッサは、船旅の間に、リュムディナでの任務についての説明とあちらの文化についての勉強になる」

ぴたりと固まったメリッサに、ヒューバードがにこやかな笑顔を見せた。

「メリッサは、礼儀作法については心配がないからな。船旅の間の一週間で、十分間に合うさ」

おそらくは事前に勉強するべきことだったのだが、メリッサは青の竜にかかりっきりで何が必要かの話もまったく聞かないまま、この日を迎えてしまった。

「船に乗っている間に、他の使節の方々もいろいろ教えてくださるし、基本の挨拶も通訳の方が教えてくださるそうだ」

だから頑張ろう。そう告げられ、メリッサははいとしか答えようがなかったのであった。

船旅は、青の竜が泳げるようになったことを受けて航路を再設定され、最短時間で到着できるように一度だけの補給を途中の島で受けてひたすら進んだ。

その間、メリッサはというと、今回リュムディナへの使節団の中で、リュムディナ出身の妻を持つという学者から、リュムディナの文化や宗教などについての講義を受けていた。

　現在リュムディナの社交界で最も話題に上がるのは、やはり竜についてらしい。

「つまり、現在でも竜を崇拝しているのは、リュムディナでも一部だけなんですか？」

「ええ、そうですね。私の妻も、竜とみればすぐさま拝礼するということはありません。基本的に、身分が高いほど熱心な信徒であると聞いています。王家は最も熱心な信徒なのだそうですよ。カーヤ姫がイヴァルトの辺境で青の竜に拝礼していたのは、そのためでしょう」

　リュムディナの王弟の長子であるカーヤ姫が竜に招かれ辺境に来ることになったのは、まだほんのひと月前のこと。彼女との交流は、言葉が通じなかったため、おもに身振り手振りで意思疎通を図った。

　そのため、メリッサは、カーヤ自身のことはほどほどにわかるのに、彼女の国であるリュムディナについては、まったくの無知といっても良い状態だったのだ。

「ゼーテ教、というのですね」

　カーヤの信仰している宗教についても、こうして教えてもらうまで、竜を拝むということしか知らなかったのだ。

「ええ。他の呼ばれ方ですと、現地では救世教とも呼ばれております。国の危機に人々を救い、教え導いた方が聖人ゼーテであり、その方の教えを伝える組織としてゼーテ教は発生したと、そう聞いております」

資料を見ながら、メリッサは教師役である文化学の学者の話を聞いていた。

「……この聖人様は、どうして竜を拝むようになったんでしょう」

「それは、リュムディナで最大の危機をもたらしていたのが竜だからだろうと、私にこれを譲ってくださった方が話しておられましたよ」

これ、と言いながら指し示したのは、ゼーテ教の経典である。

学者は、これを読み物として研究しているらしく、リュムディナには研究のために何度も訪れているため、今回の使節団の一員として同行することになったそうだ。

「この経典では、リュムディナの前に文明を築いていた一族が神の怒りに触れ、その先兵となった竜と敵対したと描かれていました。つまり、この経典では、竜は神の使いであり、敬うべき存在である。だから怒らせてはならないと、そう教えられているのです」

「では、竜が神自身とは描かれていないんですね」

「そうですね」

メリッサのその問いが意外だったのか、学者はどこか困惑したかのように答えた。

メリッサとしては、例えば竜が神だと崇《あが》められている状態なら、その背中に乗っている状態をリュムディナの人がどう思うのだろうかと思っただけなのだ。

もし、神の背中に乗ると言われて顔色を変えるような教義だと、竜騎士をこの地に根付かせるのはとても難しい仕事になるだろう。

　カーヤ自身は竜騎士についてそれほど嫌悪をしていなかったので大丈夫だろうとは思うが、用心に越したことはない。

「……リュムディナの人たちに、竜騎士のあり方を受け入れていただければ嬉しいですね。竜達は、遠い存在ではなく身近に寄り添える存在だと思ってもらえれば、竜達の密猟の被害も、少しは減るような気がします」

　人は、竜に対して未知であることで畏《おそ》れを抱く。長く生きる生き物として、強大なその存在を少しでも身の内に取り込もうと、密猟してその体を奪っていくのだろうとメリッサは思う。

　リュムディナまではまだ遠い。メリッサはリュムディナの竜達との邂逅《かいこう》を思い描きながら、目の前のリュムディナに関する資料に目を落とした。


　青の竜は夜、竜騎士達の定めた航路上にある島を休憩地点としてそこで休み、朝になるとメリッサの乗っている船を追いかけて飛んでくる。

　一応、航路を無事に船が進んでいるか確認も兼ねているとかで、竜騎士のランディもそれを特に止めることなく、むしろ探すのが楽だと言わんばかりに青の竜に先導されて飛んで来たようだ。

「おはよう、青！」

船からメリッサが手を振ると、気づいてもらえたことが嬉しいのかくるくる上空を旋回し、船を追いかけはじめた。

それを船縁で見ながら、メリッサは自分の胴に腕を回して体を支えてくれているヒューバードに問いかけた。

「おやつ、どうやってあげるんでしょう？」

「順番に船に降りてくることになっている。今回は、青への見本を兼ねて最初に緑の槍が降りてくる」

これは、背中に騎士が乗っている竜で見本を見せるということだ。

船の上というのは、障害物が多い。それを避けながら降りるのは、やはり騎士がいた方が安定して降りられるらしい。そのため、まずはランディが背中にいる緑の槍が降りてくるのだ。

緑の槍は手慣れたように帆を避け、ロープをくぐりながら、船の甲板へと降り立つ。

「緑の槍、おはよう！」

グギャ

緑の槍におやつをやるのは騎士の仕事なので、メリッサはランディに芋を手渡す。それに加えてヒューバードは竜達の食料が入った麻袋を渡し、その積み込みを手伝った。

それらを受け取るとランディはここから先の航路の状態を伝え、緑の槍に飛び乗りすぐに飛び立つ。

そのあと降りてきたのは、青の竜だった。

先ほど緑の槍が見せたように、帆を避ける青の竜を見て、ヒューバードは安心したように頷いた。

「上手だ、青。左の翼が少し上がっている。もう少し下げた方が安定しやすいぞ」

ギャ
集中しているのか、小さな声で鳴いた青の竜は、そのあとすぐに、先ほど緑の槍が降りてきた場所に過たずに降りてくる。

あきらかにほっとしたような表情をした青の竜は、その直後メリッサに視線を向け、できた！　と言わんばかりの笑顔を見せた。

「おはよう、青！　上手に降りられたわね。すごいわ」

ギュー、キュルル
褒められて嬉しいのか、しばらく機嫌良く首を上げていた青の竜は、すぐにメリッサに甘えるように鼻先を擦りつける。

「今日のおやつはね、お芋なのよ。はい」

青の竜に、きちんと洗って用意しておいた芋を口に入れてやると、大喜びでかみ砕く。

喉《のど》を鳴らしながらゆっくり食べた青の竜は、一瞬空に目を向けると、再びメリッサに鼻先を擦りつけ、先ほど降りてきたのと逆の方向へと向かって空へと上がっていく。これも先ほどの緑の槍の離陸を見てまねをしているのだろう。メリッサが見てもまったく同じように高さを取り、上手に空へと飛び立った。

そして最後は白の女王である。

「おはよう、白！」

白の女王は、背中にヒューバードがいようがいまいが、慣れているというふうに安定した状態で船へと降りてきた。

甲板に降り立った白の女王は、ヒューバードとメリッサの様子を、目を細めて嬉しそうに眺めたあと、鼻先をメリッサに擦りつけた。

「今日はお芋なの。出航前に掘ったばかりのお芋なんですって」

竜達に食べさせるものは、いつものように第四食堂が竜騎士隊に委託され保管していたものである。それを専用の樽《たる》に詰めて船に乗せている。先ほど降りてきたランディには、ヒューバードから三頭が今晩寝る前に食べるものも渡してある。そちらはりんごをいれたので、疲れたあとのご褒美として、三頭に渡してもらえるだろう。

白の女王もメリッサから手渡された芋を口にすると、メリッサに鼻先を擦りつけてしばらく喉を鳴らしたのちに、青の竜を追いかけるように飛び立った。

「……みんな慌ただしいですね」

白の女王は、元からあまり地上に風を起こさないようゆっくりと上がっていくのだが、今日はそれより若干早いように感じる。メリッサの体にも白の女王が起こした風が感じられ、ヒューバードが風に煽られないようにしっかりと背後から抱きしめてメリッサに危険がないように押さえている。

「船ははじめから乗っているならまだしも、途中で竜の重量がかかっては速度に関わる。あくまで一瞬、休憩などに利用することにしているんだ。これは竜騎士隊の規則だから青の竜がそれを守る必要はないが、緑の槍とランディに気を使ってくれたんだろうな」

こういうところに、青の竜が人に育てられたのだと実感するのだと竜騎士達は口を揃えて言っているらしい。

「青は何も言わなくても、竜と人がどうすれば共に生きていけるのか、それを自ら考える。青は人に寄り添ってくれているのだと、誰が見てもわかるんだ。……青がそう育ったのは、メリッサのおかげだな。いつもありがとう、奥さん」

そう言ってうしろから耳元に口づけたヒューバードに、メリッサは慌てながら振り返る。

「っ、こ、ここだと誰かに見られたらどうするんですかヒューバード様！」

「……夫婦なので問題ないんじゃないか？」

「だ、だって……はずかしいですよ」

その言葉を示すように真っ赤《まっか》になったメリッサを見て、ヒューバードは微笑んだ。

「ところで……呼び方」

そう告げられて、はっとしたメリッサが、しばらく葛藤ののち、小さな声でヒューバードに告げる。

「……そろそろ船室に入りましょう、旦那様《だんなさま》」

上目遣いでそう告げたメリッサに、ヒューバードは小さく頷くとメリッサをすくい上げるように抱き上げた。

「……船内に入るくらいなら転《こ》けませんよ？」

「やはり船の上は風が冷たいな。メリッサの体温が高いから、温かい」

そう言ってヒューバードに微笑まれると、メリッサはその時点で抵抗ができなくなってしまう。抱き上げられるのははずかしいという思いはあるが、幼い頃から抱き上げられているために、羞恥心《しゅうちしん》としてはそれほど大きなものではないし、何より近くでヒューバードの顔を見て、その表情があきらかに寛いでいるものだったりするとメリッサとしては安心してしまうのだ。

今日も結局それは変わらず、メリッサは幸せそうな笑みを浮かべたヒューバードに向かって小さく告げた。

「仕方ないですね、旦那様。じゃあ、温まるためにも、早くお部屋に入ってお茶でもいただきませんか？」

「そうだな」

そうしてメリッサは抱き上げられたまま、二人にあてがわれた船室へと帰ることにした。

船旅は、メリッサが思ったよりも楽だった。いつも、竜の速さで移動することが常のメリッサからすれば、こんな穏やかな移動の旅は、王都から辺境伯領へと向かう馬車の旅くらいしか記憶にない。そのときに比べれば、王家の所有船による一等船室での船旅は、まるで苦労を感じない旅路だったのである。

現地に到着して、最初の挨拶のために青の竜の代理親としての衣装に着替えたメリッサは、その黒いワンピースの裾を淑《しと》やかに捌きながら甲板へと足を踏み出した。

そんなメリッサがまず目を奪われたのは、その海の色だった。

「海が、すごく綺麗《きれい》な緑色ですね……」

海とは青いものとばかり思っていたメリッサは、まずそのことに驚いた。

底まで見えているのに、どことなく水が緑色っぽいのである。

国で見たことのある海は王都とリッティアの港くらいしかない。もしかしたら、あちらの大陸でも、こんなふうに海が緑色に見える場所もあったのかもしれないが、少なくともメリッサが知る海は、絵も含めてすべて青かった。

そしてリュムディナの建物は、ほぼすべて白の漆喰《しっくい》で塗り固められているのか、鮮やかな緑の海との対比で、目に入った一瞬、目を眇《すが》めてしまうほどに眩《まぶ》しい。

「空は青いのに、海が緑なのが、なんだか不思議な光景ですね」

イヴァルトよりもずっと空の色が薄い。辺境の感覚からすると、もしかして曇りかもしれないと思いそうなほどだ。

そうしてそれをますます実感したのは、船に少しだけ遅れて飛んで来た青の竜が、船を追い越した瞬間だった。

辺境の空では、空に溶け込みそうな色合いの青の竜は、この場所では周囲のどこよりも青く、その透明感ある青い鱗が光を受けて輝いている。その姿はごまかしようもなく、リュムディナの港にいた人々の目にとまる。

そして次の瞬間、地上からとんでもない大音量のどよめきが起こったのだ。

青の竜が空を横切るその姿を指さし、叫んでいた人々は、地上に一斉に膝をつくと、頭を垂れた。驚くほどの統制、そして徹底だった。

「一体何ごとですか!?」

メリッサがそう問いかけたのは、メリッサに現地のことについて教えてくれた教師役の学者だった。すぐ傍にいた学者は驚いたように目を剥《む》いていたが、少し落ち着くとすぐに首を振る。

「これは、おそらく青の竜だからこそ、でしょう。こちらの国には、青の竜の訪れは豊作に繋《つな》がるなど、幸運を運んでくるとされています。宗教と言うよりは、風習によるものではないでしょうか?」

「……ああ、つまり、宗教的なことではないんですね」

「ええ。まあしかし、ここまで揃ってしまうとは思いませんでしたが……」

さすがに実際に見て研究しているわけではない学者は、こうして実際の国民の行動が見られたことが嬉しかったらしい。どことなく高揚した表情で、港にいた人々を見つめている。

それを見ていたメリッサも、同じように港に視線を向けたのだが、誰ひとり船の方向を見ていないことに気づいて一瞬固まった。

「……ええと、あの方達は、この船の出迎えに来てくださっていたんでしょうか？」

「そうかもしれないが、みんな青の方を向いて船を見ていないな。……着岸準備をどうするか」

船を港に繋げるためには、港に碇《いかり》を降ろし、さらに船を繋ぎ、下りるための階段を船に設置する仕事がある。それなのに、その作業をするための人員まで、しっかり跪《ひざまず》いてしまっていて、こちらを見ていないのだ。

「……ああ、大丈夫そうだな。竜騎士達が来てくれたようだ」

ヒューバードのその言葉を聞き、地上に視線を向けてみれば、ルイスとデリックが揃って走って港で人々を掻き分けている姿が目にとまった。

異国の地では、竜騎士の軍服を身に着けた二人組はとにかく目立ち、姿が船の上からでもすぐに見分けられたのだ。

二人は地上で拝礼している人々の邪魔をすることなく港に辿り着くと、すぐさまイヴァルトの船員達と連携し、接岸準備を始めてくれた。

「あの、お二人に、勝手に接岸準備を手伝ってもらって、大丈夫だったんでしょうか？」

「まあ、大丈夫なんだろう。港の職員がまったく動かないし、かといってこのままぼんやり待っているわけにもいかない」

そうして着岸準備が進められ、イヴァルトの一行が地上に降り立つまで、拝礼している人々の姿が身じろぎすることはなかったのだった。


竜達はまだ街の上空を旋回しているが、ひとまず港の人たちは動き出し、無事に荷下ろしが開始されたのを受け、出迎えに出てきたルイスとデリックがヒューバードの元へ歩み寄った。

「船旅ご苦労さん」

「久しぶり、メリッサ」

ルイスもデリックも笑顔で二人を迎えると、揃って空に視線を向けた。

「青も無事に来られて良かった。泳げないと聞いていたから、どうなることかと思ったんだが」

デリックが安堵の表情でそうつぶやくと、ルイスもうんうんと頷いた。

「王都に来てから、すごく練習したんです。青が頑張って浮けるようになってくれたおかげで、海での休憩ができるようになって、船も速く進めたんです」

嬉しそうな笑顔でそう告げるメリッサに、竜騎士二人も自然と笑顔を浮かべて頷いた。

「ひとまず、イヴァルトの使節一行は王宮へ。荷物は、宿泊場所として指定されているカーヤ姫の屋敷に運ぶから」

それを聞いて、使節一行は驚きの表情を見せる。

「カーヤ姫の屋敷？」

確かに、使節一行となれば貴族の屋敷などが宿泊場所になるだろうと思ってはいたのだが、王族の姫の屋敷が選ばれるとは思っていなかった。

ルイスとの婚約が内定しているとはいえ、カーヤはまだ独身で、父親の庇護《ひご》下にあるはずだ。それが個人の屋敷を持っているとは思わなかったのである。

「リュムディナでは、王族の姫は個人で屋敷を持つことが可能なのか？」

ヒューバードがそう口に出せば、デリックも困ったような表情で頷いた。

「ああ、カーヤ姫は元々学業に熱心で、学業用の屋敷を持っていたんだと」

「……お勉強用のお屋敷ですか？」

メリッサがルイスにそう尋ねれば、こくりと頷きを返してきた。

「教師を国外から招くこともあるし、夜間に観察をする天文学も学んでいらしたので、専用に屋敷を構え、おもに教師達の宿泊場所として使っていたんだそうだ。それを今回、我々の滞在用にしてもいいと申し出てくださったんだ」

竜騎士達が現在滞在しているのも、その屋敷らしい。当然ながら、ルイスの部屋もそこにある。結婚前から婚約者の屋敷で寝起きなのかと責められないのかと不思議に思えば、カーヤ姫は今のところ、王弟一家の使用している離宮で生活しているため、そこにはいないらしい。

「さて、じゃあ荷物は俺が運んでおくから、使節の一行は王宮へ向かってくれ」

ルイスがそう告げると、デリックが手を上げ、馬車を呼び寄せる。

「あれ、ルイスさんが王宮に案内してくれるのだと思っていました」

なにせ、王族の姫の婚約者である。どちらかと言えば、ルイスの方が王宮に向かいそうだと思っていたが、当のルイスはどこか気まずそうに頭を掻いていた。

その理由を教えてくれたのは、これまで一ヶ月、ルイスと一緒にリュムディナに滞在していたデリックだった。

「全体的に、カーヤ姫の結婚は歓迎されているんだけどな。王様が……」

「国王様が？」

「ルイスを見るとすねる」

大変気まずそうな竜騎士二人を、沈黙を保つヒューバードとメリッサが見つめる。

「この国に、竜騎士の助力が必要なことは間違いなくてな。それをもたらす今回の婚姻については、誰からも反対の声はないいんだ。元々カーヤ姫は降嫁せずに婿《むこ》を迎えることになっていたとかで、竜が傍にいる竜騎士を姫が選んだことで、利点も多いとして反対どころか歓迎されてる。ただ国王は、婿を迎えて国にずっと置いておくはずだったカーヤ姫が、婿が竜騎士として現役の間は姫もイヴァルトに住むと聞いて、心が穏やかじゃないってことだけが問題なんだよ。かといって、ルイスが竜騎士を引退するには時間もかかるだろうしな。それを考えると、姫に来てもらったほうが、竜にとっては安心だから……」

デリックの言葉に、否定も反論もなく、ルイスは気まずそうに口を引き結んだ。

「……カーヤ姫の父親である王弟殿下が仰《おっしゃ》るには、カーヤ姫がうまくやりすぎて、国王が口も手も出せなかったのが悔しくてすねているんだそうだ。俺らにはどうしようもないから、これに関してはもう、遠巻きに見てるしかないし」

疲れたような表情で肩をすくめるルイスの姿に、ヒューバードとメリッサは何も言うことができなかったのだった。

第三章　青い空、舞わぬ竜

リュムディナの王宮は、周囲から一段高い場所に建造されていた。大理石がふんだんに使用された神殿は、街の中のいたる場所からよく見えて、国全体を見守っているようにも感じられる。それはまるで神殿のような神聖な神々しさに満ちていた。

ステンドグラスが使われ、外からの光によって神秘的な輝きを放つ窓に囲まれた広い謁見室の中で、繊細な金細工で作られた玉座が鎮座している。

その玉座の主《あるじ》は、入室したそのときから、今も口を開いていなかった。

この国では、王族は濃い色の装束を身に着けているらしい。その中でも国王は色鮮やかな緋《ひ》色《いろ》のローブに、まるで太陽のような黄色地のマントを身に着けている。そのどちらにも、鮮やかな色合いに負けぬほど、硝子《ガラス》のビーズと宝石が刺繍《ししゅう》され、王としての威厳を溢《あふ》れんばかりに示している。頭には略式の金の宝冠らしきものが見えるが、そこには謁見の間の後方から見てもわかるほど大きな翠玉《すいぎょく》が輝いている。

国王の鋭い金の眼光には、こちらへの好意的な感情など皆無であるようにしか見えない。

その隣に立つ男性は、国王と同色のローブに、この国の海と同じ緑色のマントを身に着けている。焦げ茶の髪に映える金の額冠には、小粒ながら翠玉が使われており、その額冠でこの人物が王に次ぐものであると示している。

国王は、カーヤとは髪や目の色が同じくらいにしか共通点のない顔立ちなのだが、すぐ傍《そば》に立っている男性はまさにカーヤとうり二つで、こちらがカーヤの父親である王弟であるのだろうと簡単に推測できた。

王とは違い、こちらはにこやかな笑みを浮かべているが、その金色の目は竜騎士の装束であるヒューバードと、青の竜の代理親の衣装を身に着けているメリッサに向けられている。

「……であるので、我が国リュムディナと貴国イヴァルト王国との間に親しき縁が結ばれることを歓迎する」

リュムディナのおそらく官僚と思われる人物が、リュムディナ国王のお言葉としてイヴァルトの言葉で歓迎の挨拶《あいさつ》を述べ、こちらも代表者が一行を迎え入れてくれた国王に対し感謝の言葉を述べると、国王への謁見の時間は終わった。

ここからはまた別室に移動し、具体的な問題と双方の利益について、話し合いの場を持つこととなる。しかし今回、初回なので互いの顔合わせにとメリッサも呼ばれることになった。

呼ばれた部屋にはテーブルはなく、この国で一般的な、背の低い椅子《いす》が用意されていた。高さはメリッサの膝下《ひざした》ほどで、足の長いヒューバードが座ると足が余ったようになる。先ほど、国王が座っていたのもこの形式で作られた玉座であり、国王はそのまま、椅子の上に完全に足を上げ、まるで床に座るように足を曲げた姿で座っていた。

国王と同じように座るには靴が邪魔になるのだが、さすがにメリッサはこの場で靴を脱ぐわけにもいかず、素直に足を下ろして腰を下ろしていた。

そうしてイヴァルトの一行がなんとかその椅子に収まったところで、部屋に新たな人物が姿を現した。

先ほど、玉座の横にいた、カーヤにそっくりな男性だった。どうやら今回、リュムディナ側の代表がこの人らしい。穏やかな笑顔で、その人はイヴァルトの一行へと語りかけた。

「ようこそ、イヴァルトの方々。我がリュムディナは、国を挙げて諸君を歓迎する」

それはそれは流暢《りゅうちょう》なイヴァルトの言葉でそう話した人は、視線を巡らせメリッサに視線を合わせるとにっこりと微笑《ほほえ》んだ。

「私はリュムディナ国王の弟で、ハイノ・カーンという。イヴァルトでは、我が娘カーヤが世話になった」

しっかりとメリッサに視線を合わせた上での言葉だ。イヴァルトでカーヤの身の上に起こったことについて報告されているのだろう。

「本日到着し、そのまま会議も味気ない。会食の場を設けたので、今日《きょう》は互いの国を知るための一歩を踏み出すためにも、まずは我が国の食の文化を堪能してほしい」

そう告げると、こちらからの返答を聞くことなく退室していった。

「……カーヤ姫はイヴァルトの言語について学んでおられないとのことだったが、父君はずいぶん堪能なご様子だ」

あきらかに、ここ数ヶ月で学んだものというわけでもなさそうだった。

元々リュムディナは、イヴァルトと同じ西大陸にあるガラール王国とは国交がある。そちらの言語を学んでいれば、若干の地方色はあってもほぼ同じ言語での会話は可能になる。しかし、たった今王弟ハイノ・カーンが披露した言語は、あきらかにイヴァルトを生活圏としている人々の使う言葉だった。

「あの方は、この国の外交の要であると伺っている。おそらく、他国の主要言語については知識がおありなのだろう」

使節団の団長がそう述べ、侍女達に促されて用意されている会食の場へと移動する。

その部屋は、イヴァルトでも見慣れたテーブルと椅子が用意されており、メリッサが慣れ親しんでいる形式で食事ができるようになっている。しかし、料理自体は大皿で別に用意されており、侍女達に頼んで取り分けてもらう形式になっているようだ。

会場には、リュムディナ側の今回の交渉役も同席しており、彼らが通訳を兼ねてもてなしをしてくれるようだった。

「侍女達がそれぞれ料理の皿を受け持ち、テーブルの周囲を回るので、必要な料理はその侍女に命じれば取り分けてもらえるようです」

おもに通訳としてこの一行に加わっている商人が、リュムディナの交渉役からここでの作法を聞いたらしく、みんなが一斉にそれぞれ、気になる料理を持つ侍女を呼び寄せる。

メリッサは、小さなパンのような料理をお願いして、皿に取り分けてもらった。

「……パン、でしょうか」

そう思っていたメリッサの目の前で、その小さなパンのようなものに透明な液体がかけられた。その正体がわからないまま口に含んだメリッサは、しばらく口の中でその料理をかみしめながら首を傾《かし》げた。

「……肉あんを、小麦の皮で包んで揚げてある、のかな」

確かにそれは、異文化の味だった。メリッサも知らない調味料が加えられているのか、見た目からはわからない辛味がある料理だった。

メリッサが首を傾げるその横で、ヒューバードは自身が頼んだ料理を口にして、こちらもまた難しい表情で口の中の料理を味わっていた。

「……メリッサ、この料理、第四の料理長が作っていたことがあるような気がする」

「え、お母さんがですか？　……というかそれはなんですか？」

ヒューバードの皿の前には、なにかの揚げ物らしいものが載っている。底に緑色のソースが注がれており、それを絡めて食べる料理らしい。しかしメリッサには、母がこのような料理を作っていたかはちょっと記憶にない。

「魚だ。衣自体に味があるんだが、甘酸っぱい……おそらく果物で作られたソースがかかっていた。ソースの見た目が違うが、料理自体は同じもののような気がする」

ますます、母が作っていた記憶がない。

味見を、と口を開けようとして、ぐっと口をつぐむ。

いつもならばこういうときは、ヒューバードが食べているものをひと口食べさせてもらえるが、さすがにこんな場でそんな行儀の悪いまねをするわけにはいかない。

なんとかそれを思いとどまったメリッサは、次はその料理を頼もうと侍女の場所を確認するため視線を巡らせた。

メリッサは、イヴァルトでも、こんな華やかな場に同席することは少ない。さらには異国の習慣や衣装など、見るものすべてが興味深く、壁や柱の彫刻なども思わず見入ってしまうような状況だった。

こちらの窓枠は、イヴァルトのような黒鋼は使われておらず、丁寧に彫刻された木材が使用されている。こんな場所にまで細かい彫刻が成されていることに感心して見ていたところ、目の端に見慣れた青が見えて思わず目を瞬《またた》いた。

窓の外、かなり離れた位置に、青の竜がいた。ちょうど地上に降りようとしている状態らしく、滞空姿勢で少しずつ高度を下げている姿を見て、メリッサは慌てて隣のヒューバードの袖《そで》を引いた。

「青があそこに」

メリッサの視線の先を辿《たど》り、それを見つけたヒューバードが目を細めた。

「……あれが今日の宿泊先なのか？」

「街から外れた場所のような気がしますが、どこなんでしょう……」

二人で首を傾げていたところ、すぐ傍にいたリュムディナの外交官がにこやかに説明を加えた。

「あちらは王弟殿下の宮殿ですよ。皆さんの宿泊先であるカーヤ姫の宮殿は街の中にありますので、竜達には落ち着かないだろうと、王竜には王弟殿下の宮殿を開放したと聞いております」

それを聞いて、驚いたメリッサは慌てて外交官に確認した。

「あの、こちらに滞在していた竜騎士の騎竜達は、カーヤ姫の元でお世話になっていると聞いたのですが……」

外交官は、しばらく他《ほか》のリュムディナの面々と会話をすると、にこやかな笑顔になってヒューバードとメリッサに説明した。

「カーヤ姫の屋敷は、一応竜が寛《くつろ》げるように庭を広げられたそうなのですが、やはり竜の数が多くなると狭く感じるだろうからと、予備としてもう一ヶ所、姫の宮殿よりも広い庭がある王弟殿下の宮殿にも竜の降りる場所を作っておいたのだそうです。……もしかしてあなたが、王竜の代理親殿でしょうか」

「は、はい、私が青の竜の代理親、メリッサです」

それを耳にした瞬間、部屋にいたリュムディナの外交官達は揃《そろ》ってメリッサに頭を下げた。

その様子に、メリッサは慌てて目の前の外交官に頭を上げるように頼み込む。

「あの、どうぞ普通になさってください。私はただの人ですから」

しばらくは外交官達は戸惑っていたのだが、何度もメリッサが説得してようやく普通に接してもらえるようになった。

この場にいる外交官達は、みんなこの国と国交のあるガラールの言葉を使える人達ばかりだ。そのためメリッサでも普通に意思疎通が図れるのだが、中にはまだたどたどしい人達もおり、急いで学んでいる最中なのだと聞かされた。

「国交が結ばれた暁には、我々もあらためてイヴァルトの言葉を学ぶことになるでしょう。そうすればもっと意思の疎通が叶《かな》うようになります」

笑顔でそう告げた外交官に、ヒューバードもにこやかに応じる。

イヴァルトでも、現在外交官にリュムディナの言葉を急ぎ学ばせている最中である。イヴァルトは、海を越えた先にある他の大陸ではなく、内陸の国々に視線を向けてきた国だった。竜は基本的に同じ大陸の中で生活し、ねぐらに帰ってくるものだからだ。その権利を守るのに、海外に目を向ける必要がなかったともいう。イヴァルトは竜と共に発展した国であるがゆえに、竜の生活範囲以外にあまり視線を向けない国でもあったのだ。

つまりイヴァルトは、東大陸について詳しいものはほとんどいなかったのである。

しかし、青の竜は世界中のねぐらの記憶を持つ竜である。当然、いつかそのねぐらを巡るために海を渡るのだから、イヴァルトとしても外に目を向けるべきときでもあるのだと、イヴァルトの王は今回のリュムディナの件を好機として、国交を結ぶ決定をしたのだと聞いている。

その場合、先駆けとしてかり出されるのは、間違いなく竜騎士達だろう。ヒューバードや他の竜騎士達も、元々その速度を見込まれ、外交に携わる場面が多々あったが、これからはそれがもっと顕著になるはずだ。

もしかしたら、これからヒューバードはそれこそ世界を飛び回らなければならなくなるかもしれない。そうなったとき、メリッサは辺境伯夫人として辺境を守ることが重要になるだろう。

こうして間近でヒューバードの仕事ぶりを見ながら、メリッサはそのいつか来る未来について思いを巡らせた。

「……メリッサ」

突然の耳打ちで名前を呼ばれ、見てわかるほどに背中が跳ねた。

慌ててヒューバードを見れば、メリッサの驚きぶりに驚いたといわんばかりに目を見張っていた。

「大丈夫か？　もしかして疲れたようなら……」

「え、いえ、大丈夫です！　少しだけ、考え事をしていただけです！　な、何かありましたか？」

慌てるメリッサに、大丈夫だからと頭を撫《な》で、ヒューバードは再び小声で告げた。

「そろそろ呼び出しがかかる。今、ルイスから小剣経由で連絡が来た。私とメリッサは、どうやら王弟殿下の宮殿で世話になることになったらしい」

メリッサが少し考え事をしていた間に、一体何があったのか。とっさに答えられなかったメリッサに、ヒューバードは窓の外に視線を向けながら、あれだと告げた。

ヒューバードの視線の先に、つぎつぎに空から降りてくる竜達が見えた。

元々こちらに滞在していたルイスの琥珀《こはく》の小剣、デリックの緑の矢の二頭に加え、そのデリックの交代要員として来たランディの緑の槍《やり》、そして白の女王が、先ほど青の竜が降りた場所へと降りていく。

「……何ごとですか？」

「リュムディナに来る前に言ったろう？　私達の仕事は、ここは別にある。これからその作戦会議だ」

あ、とメリッサの口から声が漏れる。

それについてすっかり忘れていたメリッサは、口を押さえたまま小さくなった。

「すみません、こんなにすぐだと思っていなくて心づもりができていませんでした」

「それだけこの国の風景に感動したんだろう。まあ大丈夫だ、本番はこれからということだけ覚えていてくれればな」

ヒューバードがそう言うや否や、ヒューバードとメリッサは王弟の使者から伝言を受け取り、その場をあとにしたのだった。

宮殿を出るとすぐに馬車が待ち構えていた。

馬車の扉の傍で、今回の旅でメリッサの傍仕えとしてついてきた辺境伯家の侍女アビィが待っていた。

王都の辺境伯家で、いつもメリッサの世話係を務めているのはララという女性なのだが、彼女は年齢が高く、船での長旅ということで体力的な問題があるだろうと留守番になり、その代わりに派遣されたのがこのアビィだった。二十代半ばという年齢の、亜麻色の髪の女性は、従《い》兄《と》が竜騎士である縁から辺境伯家に仕えることになった女性だ。今回の旅で突然竜に出会っても悲鳴は上げないからとララに推薦されたのである。

「アビィ、あなたが迎えに来てくれたの？」

メリッサが笑顔で問いかけると、アビィは笑顔を見せ、馬車の扉から一歩横に移動する。

「言葉の通じないものを迎えにやるわけにはいかないからと、竜騎士の皆様が仰《おっしゃ》いましたので。旦那《だんな》様と奥様のお荷物は竜騎士の方々にお任せし、すでに王弟殿下の宮殿に運び入れてございます」

「ええ、ありがとう」

「旦那様。王弟殿下より、会談の申し入れがございました。あちらに到着次第、お目にかかることになりますが」

それを聞いて、ヒューバードは平然と頷《うなず》いた。

「ルイスから伝えられている。急いで馬車を出してくれ」

「かしこまりました」

ヒューバードとメリッサは促されるまま用意された馬車に乗り込み、御者席の隣にアビィが乗り込むと、馬車はすぐに軽快に足を進めた。

同じ王宮の敷地内にあるという王弟の離宮は、まるで森の中に隠れた神殿のような場所だった。城生まれ、城育ちのメリッサでも、ここが宮殿だと言われても、どこに生活する場があるのだろうと首をひねるような建築物である。

大きな柱が何本も建物を取り囲み、その柱の間には、それぞれ竜のレリーフが飾られている。建物自体がすべて大理石でできているのか、色自体は温かみのある乳白色なのに、人が住まう温かみのようなものはない、そんな建物だった。

しかし、屋内に入り込むと、また印象は一新した。

どうやら先ほどの神殿のように見える部分は公務用の宮殿らしく、生活空間はその裏にあるらしい。その場所は、街と同じように漆喰《しっくい》が多く使われていた。建築してからまだそれほど経《た》っていないのか、所々に見える柱の彫刻などはまだまだ新しい。

屋敷は石でできた外廊下でぐるりと取り囲まれ、それを辿って奥へと行くと、すぐに中庭に出る仕様だった。

グゥ、ギュアァ！

先ほど、青の竜が降りていたのはこの庭だったらしく、青の竜がメリッサの姿を見つけ、すぐに甘えるように鳴きはじめた。

「青！　海の長旅ご苦労様。ここに降りて、ゆっくり休めた？」

ギュア！

一週間ほどの海の旅で、青の竜も自信をつけたのか、嬉《うれ》しそうに鳴きながらメリッサに鼻先を擦《こす》りつける。出発前、辺境伯家の庭で見せていたふてくされていた表情が嘘《うそ》のように明るくなり、メリッサもほっとして青の竜の鼻先を抱きしめた。

「海、越えられて良かった。いっぱい頑張ったね。すごかったね」

グギュ〜、ギュルル
笑顔のメリッサに、青の竜が喉《のど》を鳴らしながら懐く姿は、辺境伯家では見慣れた光景だが、さすがにここリュムディナでは驚かれてしまった。悲鳴こそ上げなかったが、傍で控えていた侍従が腰を抜かし、侍女が二人ほど驚き固まっている。

青の竜を抱きしめていたメリッサがそのことに気づいたのは、新たにその場に姿を現した人物に声を掛けられてからだった。

「メリッサ！」

その声に振り向いたメリッサは、笑顔で中庭に足を踏み出したその人の顔を見て、表情を輝かせた。

「カーヤ様」

今まで抱きしめていた青の竜の鼻先に軽く自分の鼻を当てて体を離すと、振り返ってカーヤの元へと急ぎ足で歩み寄る。

今のカーヤは、王族の姫としての衣装なのか、黄色に染められた艶《あで》やかなローブに、父親のものと同色のケープを身に着けていた。貫頭衣に帯を締めた、形としては簡単な衣装だが、このあたりはイヴァルトの夏の気温がほぼ年中続くらしく、涼しく風が通るその衣装を王族から市民まで身に着けているらしい。市民は同じ麻でも生成りの衣装であり、染めた布を使用しているのはそれだけで高位の身分を示すようだ。

額冠には小さな翠玉と真珠が飾られ、それ以外の首飾りや耳飾り、腕輪なども、すべて真珠が使われている。カーヤの焦げ茶の髪に飾られた髪飾りは、以前の旅装で身につけていたものよりも華やかで、濃い色の髪によく似合う。

カーヤは以前会ったときより顔色も良く、輝くような笑顔は以前辺境伯家で保護していた間とはやはり比べものにならないほど明るい。

あのときのカーヤは、ただひたすら不安と闘い、言葉の通じない場所でひとり耐えていた。

今の表情こそが本来のカーヤの姿なのだろう。その姿を見られたことに、メリッサは心の底から喜んだ。

カーヤは歩み寄ったメリッサをそっと抱きしめると、すぐに離れてなぜかその場にいたルイスに顔を向け、何ごとかを告げた。

「メリッサ、来てくれてありがとう、だそうだ」

ルイスからあっさりとそう告げられ、メリッサは目を見張って固まった。

「……ルイスさん、あの、いつの間に、言葉……」

ルイスがこの国に滞在して、まだたったひと月だ。その前に辺境伯家にいる間は、ルイスもカーヤの言葉は理解できていなかったはずなのだ。それなのに、なぜなのかと驚愕《きょうがく》しているメリッサに、ルイスはあっさりと言い放った。

「……俺《おれ》じゃなくて、あっちが覚えた」

ルイスが視線を向けたのは、琥珀の小剣だった。メリッサが驚きで視線を向けると、琥珀の小剣はなぜか嬉しそうに尻尾《しっぽ》を振った。

「もう小剣の知識は青まで届いている。今の状態なら、リュムディナの言語で話を聞くだけならこの場の竜騎士すべてができる。今の状態でイヴァルトに帰れば、そのまま青がリュムディナの言語を他の竜達にも伝えるだろう」

　ヒューバードがそう告げると、デリックとランディもあっさり頷いた。

「……すごい。すごいです、小剣すごいわ！　本当にこんな短期間で覚えられるなんて」

　褒められた琥珀の小剣は、くねくねと身をひねらせながら照れた。

「前に話しただろう。竜が言語を覚えられれば、竜騎士にも伝わると。琥珀にとって、カーヤ姫は大切な宝物だ。その意思を汲《く》むためには、心を読めない女性相手だからこそ言語が必要になる。あとの問題は、竜騎士達が発音を覚え、実際に会話ができるかどうかというところだな。それは竜の能力ではどうしようもないから、人の努力と才能次第だ」

　ヒューバードがルイスに視線を向けると、ルイスは肩をすくめて苦笑した。

「まあ、ここでの任務については、話が聞けさえすれば問題ない。リュムディナからの要望は、すべて王弟殿下がまとめて教えてくれるからな。何か聞きたいことがあれば殿下に聞けば答えてもらえる」

　確かに、王弟が経由してくれるのならば、あちらはイヴァルトの言葉を使えるのだから意思疎通も問題ないということになるだろう。

　感心して思わず唸《うな》るメリッサの背中を、なぜか青の竜がとんと鼻先で突いた。

　何ごとかと振り返れば、青の竜が首を傾げている。

　ギュ、ギュルル

呼ばれている、らしい。青の竜の言葉に、思わず周囲を見渡すと、先ほどまで固まっていた侍女達が、何やらカーヤを呼びたげにそわそわしているのが目にとまる。

「あ、そうだ。王弟殿下に呼ばれてたんだった」

ルイスがのんきにそう告げるのを聞き、その場の竜騎士全員が忘れていたとばかりに愕然《がくぜん》として足早に移動を始めたのだった。

カーヤの父が待っていたのは、先ほどの謁見の間などよりよほど落ち着く部屋だった。

この部屋は、親しいもの同士で寛ぐための部屋で、全員が床に座り、大きなクッションで体を支える形式になっていた。一番上座の王族の席も、同じ高さに席が設けられ、大きなクッションが備えてある。どうやら王族も同じように同席するのがリュムディナ風らしい。

竜騎士のための部屋についてはすでに周知されているらしく、窓は大きく開かれ、押し寄せた竜達がみんなで部屋の中を覗《のぞ》いていても大丈夫なようになっている。今も、この場に降りた竜達すべてが部屋を覗き込み、窓辺にみっしり詰まってしまい、外の景色はまったく見えない状態だ。侍女や侍従達は怯《おび》えたように顔色を悪くしているが、屋敷の主人である王弟はそれを見て、機嫌良く笑っていた。

「ここまで竜の顔が揃うと壮観だな。色合いもいい。これで紫もいれば、全色揃ったことになるのかな？」

「そうですね」

その問いは、ルイスに投げかけられたものだった。ルイスもあっさりそれに答える様子は、ずいぶんこの場所とこの人に慣れているのだな、と思わせる。

そうして寛いだ雰囲気でいた王弟は、さて、と声を上げ、背中を伸ばして姿勢を正すとヒューバードに向き直った。

「あちらではまったく挨拶らしい挨拶もできず、相済まなかった。ウィングリフ伯、娘を守り、我が元に戻してくれたことについて、礼を言う」

真剣な表情でまず礼をのべた王弟に、ヒューバードは軽く頭を下げた。

「竜に攫《さら》われたのだと聞いたときは、もう二度と娘はこの国には帰ってこられぬだろうと覚悟したただけに、無事にこちらに姿を見せたときは、安堵《あんど》のあまりしばらく声も出なかった」

穏やかな笑みを見せ、そう告げた王弟は、メリッサを見て、そして青の竜に顔を向けた。

「イヴァルトのことは、竜騎士についての話を耳にしたときからずっと、一度は訪れてみたいと思っていた。我が国では、竜は神聖にしてその生を侵すべからずと伝わり、一切の関わりを絶っている。だがイヴァルトでは、人と竜が交流し、良好な関係を築けているという。竜は文明的な生物であり、人との間に盟約すら交わせるのだと、そう聞いていた」

「概ね正しいですね」

ルイスがその話を肯定し、他の竜騎士達も頷くことでそれに追従した。

「……では、なぜ毎年我が国で一定数、竜に攫われたという訴えは出るのか。……竜に関して疑問に思ったのは、それからだった。少し調べて、私はこれは、誰かが竜に罪を被《かぶ》せ、人に害をなしていたのだろうと予想している」

「あの……その竜に攫われたという人々は、その後は行方《ゆくえ》不明なのですか」

メリッサの疑問に、王弟は大きく頷いた。

「誰《だれ》ひとり、帰っては来ていない。……だからこそ、娘が竜に攫われたという一報が我が国に届いたとき、絶望したのだ。我が国で竜に攫われるとは、一生の別れを意味している言葉だからな」

ふっと浮かべたその表情が、すべてを物語っていた。たった一報、それを知った瞬間すべて諦《あきら》めてしまう、そんな関係が、この国での竜と人とのつきあいだったのだ。

王弟の表情だけでそれを悟れる。その事実は大変重いものだった。

「カーヤ姫は、当家の屋敷に滞在中、竜に対して友好的に接してくださいました。恐れることなく言葉をかけ、青の竜を崇拝する姿に、こちらではもっと竜と人との関係が良いのだと思っていたのですが」

ヒューバードの言葉に、メリッサも頷く。

少なくとも竜に怯える様子がないというのは、貴族の女性にはあまりない特性とも言える。竜との関係が良好なイヴァルトにおいても、貴族女性達は竜に怯えていたのである。

王弟は、二人の疑問に簡潔な答えを与えた。

「二人が姫に持たせてくれた土産《みやげ》については、私も目を通した。『はじまりの竜騎士の物語』、あれと同じではないのだが、似た話として我が国にも竜と人が交流した記録を記した絵物語が伝わっているのだ。ゼーテ教の聖典のひとつとしてな」

そうして、王弟はその内容を簡潔に語った。

それは、聖人ゼーテの物語である。

ゼーテは幼い頃《ころ》、森の中で一頭の子竜と出会う。

ひとりと一頭、言葉を交わすことはなくとも、仲の良い親友のような関係だった。

あるとき、竜は木の枝に翼を引っかけ、ひどい怪我《けが》を負った。ゼーテはそれを、人の薬を用い、癒《い》やした。

当時、ゼーテはけして余裕のある生活をしていたわけではなかった。薬は高価で、ゼーテはその薬を買うために、食事をしばらく口にできなくなった。

それでもゼーテは親友のため、躊躇《ためら》いなく薬を与えたのだ。

しばらくして、ゼーテも大人《おとな》になり、街へと勤めに出ることになる。竜の親友とはそのときから、出会うことはできなくなった。

しかし、リュムディナの前文明は、神をも恐れぬ大罪を犯し、その怒りをかってしまった。

神の先兵として現れたのはかつての親友。ゼーテは、罪なき子供達を守るために、自らの命を省みず親友であった竜の前に立ち、子供達をかばった。

それを見た竜の親友は、そのときはじめて言葉を発した。

『このひとときだけ、我が主の怒りからあなたを守ろう。幼い時分、私はあなたの命を守ると誓ったのだ。その誓いを果たし、あなたとあなたが命をかけた人々から、私はひととき目をそらそう』

竜の親友が目をそらしている間に、ゼーテが守っていた弱き人々は命を救われ、それはリュムディナの今に繋《つな》がった。


「竜の親友……」

王弟は、メリッサのつぶやきを耳にして、ふっと微笑んだ。

「カーヤはこの物語を好んでいてな。辺境伯の元で過ごしているとき、奥方と青の竜の関係を見て、やはりゼーテの物語は真実を語っていたのではないかと考えていたと、そう言っていた。竜は我が国では遠くから拝礼するものだが、その理由としては、小さくなって見つからないようにするためだと言うものが多くいたので、常々カーヤは物語と現実の、人と竜の関係の相違に疑問を持っていたのだろう」

優しい微笑みを浮かべたままそう語る王弟は、優しい父親の顔を覗かせた。

「だからこそ、竜がカーヤを花嫁として選んだと聞いて、深く納得したのだ。娘の、竜を親しく思う心を感じたのだろうかとな」

　そのゼーテの物語について聞いたメリッサは、ヒューバードに視線を向けた。

「ヒューバード様……もしかしてこのゼーテという方、竜と絆《きずな》が繋がっていませんか」

「……繋がっていただろうな。言葉が聞こえたなら」

　ヒューバードをはじめ、他の三人の竜騎士達も、肯定するように頷いている。

「……絆、とは？」

「殿下は竜騎士がどうやって選ばれるのか、お聞きになりましたか」

　ヒューバードの問いに、王弟はいいや、と答える。今はまだ調査の段階で、具体的な方法についてはは説明していなかったらしい。

「竜騎士は、まず竜に対面し、選ばれなくてはいけません。選ぶのは竜であり、人ではないのです。そうして竜が選べば、あちらから絆を結びます」

　その説明をしたのは、この中でヒューバードより長く竜騎士として勤めているランディだった。

「我々人からの感覚では……心と体を竜にすべて捧げる感覚ですね。我が身が竜の一部として〝繋がれた〟と感じました。人は、そのときから竜と一体になります。竜の目は私の目でありその逆もある。ただ、あくまで竜側からの繋がりであり、人は竜の心を自由に見ることは難しい。しかし竜は、こちらのすべてを見ています」

ヒューバードは、問いかけられてもこれに関して答えられないのである。ヒューバード以上に、竜側から絆を結ぶということがどういうことなのか説明できる例はそうそうないだろうが、その説明は本人にはできないのだ。なにせ物心がついたときには、ヒューバードは白の女王と繋がっていた。繋がる瞬間について、まだ一歳だった本人が知っているはずもないのである。

それをランディもわかっていたからこそ、先に自分の体験を語ったのだろう。

「すべてを竜が見ているのか」

「ええ。ですからその本の登場人物、聖人ゼーテもまた、竜にずっと見られていたんだと思います」

王弟は感心したように頷いている。その様子を見て、竜騎士に興味があったというその言葉は真実だったのだろうとメリッサにも理解できた。

「……もしかしたら、今も竜達は我々を見ていたのかもしれんな」

王弟のつぶやきに、イヴァルトの面々は揃って顔を見合わせた。

「……そのお心当たりがおありですか?」

「ときおり街の上空を、竜が飛んでいることがある。一年に一度、二度あればいいくらいの頻度ではあるが、街に来てしばらく上空に留《とど》まり、そして元来た方へと戻っていくのだ」

それは確かに、竜達は何かを見に来ているのだろうと思われる態度だった。竜達も、自由気ままに空の散歩をしていることの方が多いが、定期的に行われるとなればそれは遊びではないし散歩でもない。

「何か目的があって、飛んで来ているんだろうな」

ヒューバードの結論に、竜騎士達とメリッサは全員が同意した。

「街に竜の気配があるわけではない。少なくともこの街には、竜の遺物はない。そうだな、ルイス、デリック」

「ああ。竜の目標物になるようなものはなかった。人にも、今のところ竜の気配がついている者はいない」

「目標物はないのに、定期的に訪れる、となれば……何かを探しているのか？」

竜騎士達が全員沈黙したなか、メリッサはしばらく躊躇ったあと、口を開いた。

「あの、もしかしてそれが、竜が密猟者に何らかの被害を受けたとき、とかは考えられませんか」

その場の視線が、メリッサに集中した。

「その、あまり考えたくはなかったのですけど……この前、カーヤ様が乗った船の船主であるワーグナーは、ガラール王国との航路を行き来していたとき、竜の遺物を運んでいたと聞いています。ということは、密猟者は、ここの港を拠点にしていたんじゃないでしょうか。竜達が何らかの被害に遭ったとき、確認に来ていたとすれば、今現在その目標物のようなものがない理由もわかる気がします」

「……いくらなんでも、こんな大きな街の港で密猟者も取り引きをやるか……？」

メリッサの意見を受けてのデリックの言葉に、ヒューバードは首を振る。

「逆に、大陸を行き来する外洋船を使うからこそ、大きな港じゃないと入港できないし、港以外に停泊していれば目につきやすい。大陸の外に出すことで竜の追跡を振り切っていたと考えれば、十分あり得る」

竜は、よほどの理由がなければ自分から大陸を越えようとはしない。ねぐらに執着するからこそ彼らは自分の宝をそこに飾り、自分の居場所を大切にする。

それともうひとつ理由がある。体力的な問題だ。

上位の竜、それこそ青や白なら、飲まず食わずで海を越えることなど造作もない。しかし、他の色は、そこまで体力が保たない可能性が高い。

人を連れて飛ぶならば、食料や水の管理を人が行える。しかし野生竜は、水や食料を自分が運ぶなんて、想像すらしない。せいぜい、行き先に島でもあれば休憩で立ち寄るくらいだろうが、そこに必ず竜が手に入れられる水と食料があるとは限らない。

白の女王は速さも体力もある竜だ。しかし、その白の女王と同じ速度で飛べる琥珀の小剣は小型でそれほどの体力はない。どこかが優れていれば、どこかが劣る。総合力がどうしても足りないのだ。そんな状況で海を越えようとする竜はそうそう現れるものではない。

竜達は……いや、緑や琥珀は、大陸を出ることはない。その力がない竜が多い。それを密猟者が知っているとすれば、大陸を出る船に竜から奪った品を一時的にでも乗せてしまうのは、竜の追跡を振り切る手段として有効になる。

海に出るのに、人だと数日かかってしまうイヴァルトでは使えない手だが、竜が街の上空に姿を現す位置にいるようなこの場所ならば有効な手だろう。

互いに顔を見合わせた竜騎士達が、王弟に視線を向ける。その視線を受けた王弟は、小さく頷き、竜騎士達の顔に浮かんだ疑問に答えた。

「確かに、その推測は正しいのかもしれない。だが、いつ被害が起こり、何が奪われたのか、我らにはそれを調べる術《すべ》もない。その状況で、ある意味大陸の玄関口ともなっている我が国の港に入港する船、出港する船、すべてを疑い調査するというのは、現実的ではない。入港しているのは我が国の船だけではないし、他国の船を強引に調査するような行為は独断でできることではない」

笑顔を消し、竜騎士達にまるで問いかけるように、王弟は言葉を紡ぐ。

「君達の言葉から察するに、竜達は被害が起こってから飛んでくる。そうしてそのまま転進しているということは、その時点で奪われた品はすでにこの国から遠ざかっているということだろう。……竜がどこから来て、どこへと帰るのかすら調べられない我らに、その犯罪を取り締まるのは不可能だ」

その表情は、今までの穏やかさや王族としての余裕が見られる態度ではなかった。

そしてメリッサは、この人がなぜ自身の妹が嫁いだガラールの言葉ではなく、イヴァルトの言葉を学んだのか、わかった気がした。

おそらく、この人はイヴァルトの竜のあり方を学ぼうとしていたのではないだろうか。

――イヴァルトが発信する竜の情報は、イヴァルトの言語で記されている。この人は、竜の情報を集めていて、イヴァルトの言語に辿り着いたのではないか。

「だからこそ、君達を頼りたい。この国に、竜騎士が誕生し、それが実働できるまで鍛えるとして、何年かかるかわからない。……そして、我らにそれを待つだけの時間が与えられているかもだ。竜騎士ルイスが調べたことについては聞いたが、すでに竜は人を忌避しているという。なんとか、我が国と竜との関係の改善を行いたい」

メリッサが辿り着いた結論に、竜騎士達が思い至らないわけはない。ヒューバードは表情を若干硬くして、真剣な表情で懇願する王弟に慎重に尋ねた。

「……国が竜と敵対する心当たりが、殿下にはおありですか」

「先ほどの、ゼーテの物語だ。我が国は、一度滅んだ国の上にある。ゼーテに救われた人々のうち、一番年長だった子供が、我が一族の祖先であり、初代国王として立った。そして他の子らは側近として貴族となり、国作りに重要な役割を負った。だが……近年ゼーテの子供達と言われる家以外の貴族も増え、貴族にもゼーテ教の教義が軽んじられるようになってきたのだ」

「それは……」

「そして近年、恐ろしい流言がこの国で囁《ささや》かれるようになった」

それを聞いて思い出したのは、ついひと月前、ヒューバードから聞いていたこのリュムディナで囁かれていたひとつの噂《うわさ》。青の竜の産み親の体から奪われた指の行き先について相談していたときに聞いたこと。

「もしや、竜の血肉を食べれば寿命が延びるとか言うあの噂でしょうか」

ヒューバードの言葉に、王弟は表情を消して頷いた。

「……先ほど語ったゼーテの物語には詳細を描いてはいない。だが、私達ゼーテの子供達には、かつてこの場所にあった王国で一体何があり、神を怒らせたのかは伝えられている。彼らは神の使いである竜を食し、長命を手に入れようと考えた。そして竜を狩って、食べたのだ。その結果は、国の滅亡。食べた王侯貴族は残らず竜によって排除された」

その瞬間、部屋の中の全員が顔をしかめた。想像以上の事実に、全員二の句が継げられなかった。メリッサは、窓から覗き込んでいる竜達に視線を向けたが、竜達はそれぞれ自身の騎士を見つめている。そして青の竜は、冷静な表情ですべてを聞こうとしているのか、王弟をじっと見つめていた。

「今回の流言が耳に入った時点で元を辿らせたが、追い切れなかった。そうなれば、被害が出る前に竜を守る方策をとるしかない。だが、そのためには、まず竜の居場所を知らねばならない。竜騎士ならば簡単に見つけられるかとも考えていたのだが……」

「……人を避けている竜達は、隠れていて見つけられない、と」

ルイスがため息交じりにそう愚痴た。

「空から見たところ、いくつかの竜のねぐらとおぼしき場所は見つけた。寝屋のあともあったから、竜が使っていたことは間違いない。だがそこはもう放棄されていたらしくて、鱗《うろこ》なんかはまったく残っていなかった」

竜達は、自分の寝床を飾るのに、鱗を使う。竜騎士の騎竜達にとっては、絆の騎士の与えたものが何よりの宝になるのだが、野生の竜達は仲の良い竜同士で鱗を交換などしてそれらを使って寝屋を飾り立てる。その鱗が一枚も残っていないということは、その場所にはもう帰る意思がないことを意味している。

ルイスに続き、デリックもやはり同じ状況だったらしい。

「ねぐらがないなら、最悪森の中に寝屋だけを作っているかもしれないと思ったが、その気配もない。昔から竜がいたと噂されていた場所はすべて見たが、そのどの場所にも竜どころか鱗もなかった」

二人の意見を聞き、ヒューバードはしばらく考えた末に、ひとつの質問を口にした。

「竜はいたんだな？」

「ああ。姿は見かけた。だが、すぐに逃げてしまうから、竜だけで挨拶に向かわせたんだ。だが、あまり話は通じなかった。遠い客は歓迎するが、人はだめだ、近寄るなの一点張りだ」

その回答を聞き、ヒューバードはすぐに王弟に向き直った。

「……殿下。戦略上、他国の騎士に明かすことが禁じられているかもしれないのですが、我らが簡易的な地図を作製することをお許し願えますか」

「許可しよう。ただし、その作製した地図はこの国から出すことは許さん。何枚作ろうと、すべて置いていくように」

「かしこまりました」

そう言うと、ヒューバードはすぐさま羊皮紙を求め、それをルイスとデリックの前に広げた。

「地図を描くなら、ルイスか。頼む」

「わかった」

ペンとインクを受け取ったルイスは、他の三人が押さえる羊皮紙に、すぐさまペンを下ろした。

少し離れた場所から眺めていたメリッサも、ルイスのそのペンの進みを見て目を丸くした。まったく躊躇うことなく線を引き、森を描き、山を描く。道の細かい曲線が描かれ、最後に街と王宮の位置が描かれた。

それを見ていた王弟は、はじめて驚愕の表情を浮かべ、呆然《ぼうぜん》としたままつぶやいた。

「……これが竜騎士の視点なのだな」

「我々は、空からすべてを俯瞰《ふかん》します。そして地上にあっても、竜が空にいれば同じことが可能です」

「……目が、繋がっているからか」

そのまま考え込んでしまった王弟の横で、ルイスとデリックがその地図に自分達がこれまでに得た情報を書き込んでいく。

それを見て、メリッサはふと窓の方に向き、今も室内を見つめていた青の竜に問いかけた。

「青、あなたは竜の庭にいるとき、リュムディナは知らないと言っていたけど、ここまで来たらねぐらの位置とかわかる？」

ギュア？　……グゥ……グルル
ギュ
「ここからすぐに見える山、か？」

ヒューバードがそうルイスに伝えると、デリックが首を振って答えた。

「そこは真っ先に見た。もう放棄されていたから、そこではないと思う」

竜騎士達が、地図をじっと見つめている。メリッサもそれを見つめ、ルイスが描いた森を睨《にら》みつける。

「あの、前に辺境まで旅してきた落陽は、火山の小さな穴がねぐらだったと聞きました。場所によって、ねぐらの条件等は当然変わるはずです。ここの竜達のねぐらも自分達が過ごしやすいように、条件に変化があった可能性はありませんか」

「……そうだな、しかも人を滅ぼした竜達なら、人から離れることを盛り込んだ条件をつけている可能性があるな」

竜騎士のランディは、地図を見ながらそう答えた。

メリッサも同じく以前は竜達のねぐらだったという情報が書き記された場所を指さし、その可能性を示唆する。

「ねぐらの条件は変わっていても、竜達が口にする食料や水の好みは変わらないと思います。それなら竜が利用しそうな水場を探して、そこから竜の気配を探るのはどうでしょう」

どうやらこのメリッサの意見は、一考の価値があると竜騎士達も判断したらしい。ルイスは、書いた地図に、さらに上空から見てわかっただけの水場を地図に書き込んでいった。

「……森は結構深かった。だから、木の陰に隠れているような水場は見落としている可能性が高い」

「構わない。見落としようがない大きさの泉をまず探し、そこから竜が降りられそうな場所を調査する。それでいいか？」

ヒューバードの問いかけに、竜騎士達は全員が頷いた。

「方針が決まりましたので、明日《あす》より調査を開始します」

王弟に、国内での飛行と現地調査の許可をもらうためにそう告げると、王弟は今まで呆然と眺めていた地図から視線を外し、全員の顔を見渡した。

「……これで結果が出せれば、否やは言わせない。すぐに竜達のための施設を作り、竜騎士育成の用意を始める。どうかよろしく頼む」

「かしこまりました」

竜騎士達が一斉に王弟に頭を下げ、その会議は終了した。

「辺境伯夫人を、娘のカーヤが茶の席に招待したいと言っていた。良ければ会っていってやってくれ」

そう言われてメリッサが否と言うはずもなく。

「喜んで、お目にかかりたいと思います」

笑顔でそう告げると、侍女に連れられ、メリッサはその部屋をあとにしたのだった。


メリッサが案内されたのは、外廊下の途中にある休憩所のようなところだった。部屋ではなく、外で待っていたのは、青の竜がメリッサから目を離さなくて済むようにだろう。今も青の竜は、用意された庭の範囲の中で、最もメリッサに近い位置まで移動して、腰を落ち着けていた。

あの距離なら、青の竜は会話もすべて聞こえる。おそらくこの距離を伝えたのはルイスなのだろう。隠すようなことはなにもないと、竜に示すのにちょうどいい場所だとメリッサも納得

IRIS ICHIJINSHA 一迅社文庫アイリス

2020年11月刊　11月20日(金)発売予定！

『ひたむき姫のひみつの恋 目指すは、美貌の王女様！』（ラブファンタジー）
著者:こる　イラスト:Ciel
常に美貌を磨くことに余念がなく、周囲から美しいと褒め称えられるスフィーナ王女。彼女はある日、新しく護衛についたジェニアスから、美しくないとばっさりと言い切られてしまって!?

「孤高のぼっち令嬢 は初恋王子にふられたい ー呪いまみれの契約婚約はじめましたー（仮）」（婚約ラブファンタジー）
著者:藍川竜樹　イラスト:くまの柚子
婚約者候補が次々に呪われることから、魔導貴族令嬢ルーリエに持ち掛けられた王太子殿下との婚約話。呪いに対抗するための契約婚約のはずだったのだけど……。

第10回New-Generationアイリス少女小説大賞作品大募集!!

一迅社文庫アイリスは、10代中心の少女に向けたエンターテイメント作品を募集します。
ファンタジー、時代風小説、ミステリーなど、皆様からの新しい感性と意欲に溢れた作品をお待ちしています！
詳しい応募内容は、文庫に掲載されているNew-Generationアイリス少女小説大賞募集ページを見てね！

表彰・賞金

金賞 賞金100万円＋受賞作刊行
銀賞 賞金20万円＋受賞作刊行
銅賞 賞金5万円＋担当編集付き

第10回New-Generationアイリス少女小説大賞締め切り **2021年8月31日**（当日消印有効）

※選考に関するお問い合わせ・質問には一切応じかねます。※受賞作品については、小社発行物・媒体にて発表いたします。

一迅社文庫アイリス 既刊絶賛発売中!!

「にわか令嬢は王太子殿下の雇われ婚約者7」
著者:香月 航
イラスト:ねぎしきょうこ
定価:本体638円＋税

『残念聖女と一角獣の騎士 わたしの騎士になってください！』
著者:倉下 青
イラスト:jenny
定価:本体638円＋税

「獣人神父の求愛騒動 熊獣人は、おちこぼれ聖女に求婚したくてたまりません」
著者:百門一新《ももかどいっしん》
イラスト:春が野かおる
定価:本体638円＋税

『お狐様の異類婚姻譚 元旦那様が恋を知り始めるところです』
著者:糸森 環
イラスト:凪 かすみ
定価:本体638円＋税

「引きこもり令嬢は話のわかる聖獣番3」
著者:山田桐子
イラスト:まち
定価:本体638円＋税

株式会社一迅社
http://www.ichijinsha.co.jp/
〒160-0022 東京都新宿区新宿3-1-13 京王新宿追分ビル5Ｆ
Tel.03-5312-6150(販売部)　Tel.03-5312-7432(編集部)

できる。

「本日、私が通訳を務めます」

王宮で見た侍女達とも衣装が違う女性がひとり、カーヤの傍に立ち、そう自己紹介を行った。

今も、メリッサとカーヤの間では、会話による意思疎通はできない。さすがにカーヤも、ひと月では会話はどうしようもなかったらしい。

「×××、××」

カーヤは侍女に何ごとか伝え、包みを受け取ると、女官に一言伝えてそれをメリッサに差し出した。

「カーヤ姫より、こちらをあなたにと」

「××、×××」

「お土産にいただいた本のお礼だからと」

差し出された本は、汚れを防止するために、綺麗《きれい》な刺繍がされた布で包まれていた。その包みを外し、中から出てきた本を見て、メリッサは一瞬固まった。

少年と竜が向かい合っている表紙は、黒い単色のインクを使って描かれている。おそらくは手書きで一冊一冊書かれたものなのだろう。丁寧な字は、辺境伯家でカーヤが書いていた飾り文字のようだった。

「これはもしかして……『聖人ゼーテの物語』ですか？」

メリッサが通訳にそう尋ねると、頷いてカーヤに言葉を伝えた。

「××××」

「ご存じだったのですか？　と」

「あの、先ほど、カーヤ様のお父君から、おおまかなあらすじを教えていただいたところなのです。こちら、本当にいただいても大丈夫ですか？　そちらの信教の聖典だとお伺いしたのですが」

もしかしたら、信徒以外は所持してはいけないのではないかと心配したのだが、それを通訳越しに聞いたカーヤはにこりと微笑んだ。

「××××、××。×××」

「父と祭司長様の許可は得ていますから、どうぞとのことです」

「ありがとうございます！　きっと大切にいたします」

本を包んでいた布を返そうとしたが、それも贈りもののうちなのでと断られ、メリッサはその布を再び手に取り、刺繍に目を向けた。

「とても精密な刺繍ですね。何か伝統的な刺繍なのでしょうか。イヴァルトでは見たことがない図案です」

それを通訳が伝え、カーヤから返ってきた答えは、昔からこの国に伝わる祈りの形であるとのことだった。

平穏、良風、大漁、豊作の四つの守護の印を、祈りを込めて刺繍しているのだと聞き、メリッサはほぅとため息をつき、その精緻《せいち》さに感心した。よくよく見れば、図案の花や魚などの間に、下地としてカーヤが練習していた変わった文字が入れられている。これだけのものを作るのには、長い修練が必要だろう。それを考えればこれを作り出すには途方もない時間がかけられているはずだ。

「貴重なものをありがとうございます。どちらも大切にいたします」

メリッサの笑顔を見て、カーヤも納得したのか頷いた。そして少しだけ眉根《まゆね》を寄せて、何ごとかをメリッサに告げた。

「姫が、この国と私達のために青の竜まで足を運ばせて申し訳ないとのことです。青の王竜のご機嫌はいかがでしょうかと」

「青は……」

青の竜は、機嫌良さそうに尻尾を振っていた。

よく考えてみれば、青の竜はカーヤの言葉を通訳越しではなくても理解できるのだ。今、カーヤがメリッサに尋ねたことも、ちゃんと理解しているはずだ。

「カーヤ様。青の竜は、すでにリュムディナの言葉を理解できております。直接、話しかけてあげてください」

それを聞いたカーヤは、表情をほころばせた。ゆっくりと立ち上がると、拝礼の形を取り、カーヤは何ごとかを青の竜へと告げた。

ギュルル、キュルル
青の竜の言葉を、メリッサ流に考えると、おそらく大丈夫、というようなことを答えている気がする。嬉しそうな表情で、体のあちこちがわさわさと動いているので、とても楽しい気持ちなのだろう。

青の竜の様子を微笑ましく見ていたメリッサに、新しいお茶が傍に控えていた侍女によって差し出される。

カーヤが青の竜に断りを入れ、再びメリッサと向かい合わせに座ると、メリッサに礼を言った。青の竜に直接言葉を届けられて嬉しかったらしい。

それからは、カーヤが望む琥珀の小剣の話や青の竜の話をしながら、メリッサは調査の用意が調うまでの時間を過ごしていた。


「では、私とルイスは探索。デリックとランディは引き継ぎを兼ねて港での情報収集。そしてメリッサは、私と一緒に行って、青と一緒に野営地から痕跡《こんせき》を探してほしい」

すでに白の女王と琥珀の小剣の背中には、野営用の荷物が積まれている。大きな水場を探し、そこに野営地を作ってから、そこを中心に竜の姿を探すのである。

メリッサは、野営地にした場所を、青の竜と一緒に留守番しながら痕跡を探すことになる。野営ということで、服も丈夫で動きやすいものに着替え、いざというときの僅《わず》かな食料と竜に渡すおやつも鞄《かばん》に入れていつでも出発できるように用意は万端だ。

青の竜も、メリッサを自分の力で守るとやる気に満ちている。その姿を見て、メリッサは表情を引き締める。

「頑張ります」

気合いを入れたメリッサは、ヒューバードに導かれて共に白の女王の背に乗り、ゆっくりと空へと上がる。

その途中、先ほどまでお茶を飲んでいた中庭の休憩所で手を振るカーヤの姿が見え、メリッサも手を振って答え、すぐに正面に向き直った。

視線の先には、リュムディナの街を見下ろすように緑に覆われた山がある。目指すのは、その山の向こう、竜のねぐらがあった崖《がけ》の近く。

悠々と翼を広げた白の女王を、地上の人々が恭しく拝礼していたことに、前を見据えていたメリッサは気づくことはできなかった。

白の女王の速度だと、目的の場所は大変近い。ずっと昔、こんな近くに竜のねぐらがあるのにここに街を作ろうと決めたのはどんな理由があったのかと思わず考える。

辺境では、興味本位で竜達が人の生活を侵さないためにといろいろな決まりが作られたが、ここではそういったものはないように思う。

竜が空を飛ぶ高さは大体決まっているため、もし他の竜がいれば竜同士ならすぐに分かる。白の女王も仲間を探しながら飛行しているが、見たところ竜は一頭も空を飛んではいなかった。

「竜が確実にいる土地で、昼に竜が空を飛んでいないというのは不思議な気がします」

ヒューバードの腕の中でメリッサがそう告げると、ヒューバードも表情を険しくして頷いた。

「落陽の竜は、夜にしか飛んでいなかったと言っていたが……王弟殿下の言葉が真実なら、この竜は昼、人の目がある中で飛んで来て、街を見ていたんだ。夜にしか飛ばないことはないと思うんだが」

そうつぶやきながら、ヒューバードは手で合図をしてルイスとは別方向へと向かっていく。

「ルイスさんはどこへ？」

「ルイスはそのまま斥候に出た。あとで青を目指して帰ってくる。私達はこのまま降りて、野営地を……？」

ヒューバードが、なぜか言葉を途中で止めた。不思議に思い見上げると、ヒューバードの表情が一瞬で緊張を孕《はら》んだものになっていた。

「……ヒューバード様？」

「竜の声が聞こえる。まずい」

「え、あの……」

「卵がないと騒いでいる」

「……卵？」

　慌てたように元々決めていた泉に降りた白の女王は、二人と荷物を下ろすと、そのままヒューバードを乗せずに空へと上がる。

　それと入れ替わるように青の竜は降りてきていたが、青の竜にも竜達が騒いでいるのが聞こえているのだろう。険しい表情で周囲を見渡していた。

「え、あの、ヒューバード様は白に乗っていかないんですか？」

「ああ、白は上空で声を聞いているだけだ」

　そんな会話をしている間に、上空には先ほど別れたばかりのルイスが到着していた。

　ルイスは上空に到着すると、旋回して速度を落としながらゆっくりと降りてくる。しかし、着陸をした途端、勢いよくルイスが飛び降りてきた。

「ヒューバード！」

「ルイス、街に帰れ」

　突然の言葉だったが、ルイスはわかっていたように頷いた。

「急いで王弟殿下の元へ。卵を大陸の外に出すわけにはいかない。港の見張りを強化するように伝えてくれ。デリックとランディには、引き継ぎ完了次第、密猟者の捜索を任せる。最優先事項だ」

「了解」

「私とメリッサは、このままここで竜との接触を試みる。今、白が声から大体の位置を割り出しているが、実際会えるかどうかはまだわからない。ここから移動することになるだろうが、位置については知らせないでおく」

「わかった。もし手が必要なら、女王で呼んでくれ」

「よろしく頼む」

そうして降りてきたときと同じく慌ただしく飛び立った琥珀の小剣を見送って、あらためて周囲を見渡した。

「……卵があったということは、ここの竜達は、今が繁殖の季節なんですね」

「ああ。そのようだな」

森の中央に、ぽっかりと木のない場所というのは、空から見ると大変わかりやすい。ここの水はとても澄んでいるため、飲むには適していそうなのだが、周囲はぬかるみが多く、歩きにくかった。

「……ここの泉だと、成体の竜は水を飲むとき、足が泥に埋まるかもしれないですね」

もしここを水飲み場にしていたら、足跡のひとつも残っていそうなものだが、周囲を見渡してもそのような場所はなく、また踏み固められたような場所も見当たらない。

「……竜がいるのは、ここじゃないみたいですね」

「ああ。声も少し離れた場所から聞こえていたような気がする」

ヒューバードのその言い方に、メリッサは首を傾げた。

「ヒューバード様は、声のした方向がわからなかったんですか？」

「ああ。実際に声で聞こえているわけじゃないからな。頭の中にいきなり入ってきただけだから、声自体は理解できても方角まではわからないんだ」

心配そうに、空にいる白の女王を見ていたヒューバードは、周囲を見渡したため息をついた。

「この周囲から、竜の気配は感じないな。青はどうだ？」

その声を聞いた青の竜は、周囲を観察するよう見渡して、ある一点を見つめながらその体の動きを止めた。

まだ、様子を探っているらしい青の竜の邪魔をするのは気が引けて、ヒューバードに気になっていたことを尋ねる。

「あの……まだ声は聞こえているんですか？」

「いや、今は聞こえない。おそらく卵を探しているんだろうな」

ヒューバードも、青の竜が視線を向けている方角が気になるのか、そちらを見ながら目を細めた。

「ヒューバード様、卵は、密猟者に奪われたんでしょうか。このままだと、奪われた卵の産み親は、街に向かいますよね」

「……行くかもしれない。だが……メリッサ、青が卵だった頃の大きさを覚えているか？」

「え、はい。私の足の長さほどの……すごく大きな、淡い青色の卵……」

「そんなもの、街に持ち込めるだろうか」

そう言われて考えた。抱えても、転がしても、大変目立つ。なにかで包むにしても、人の手で抱えて運ぶことは不可能だろう。何か大きな台車に乗せて運ぶくらいしかできないだろうが、そんなものがこの何もない森の近くにあれば、空から見れば一目瞭然《りょうぜん》だ。当然、卵を探す竜達にも見えてしまう。

「……言われてみれば、かなり難しいですね」

「だが、竜が卵を見失ったあと、今の状況だとまず間違いなく人に奪われたと思うだろう。街には飛んでいくだろうな……」

「そのときに話しかけてみるというのは……」

「……一族の子を見失い、狂乱しているかもしれない竜だ。話が通じる状態かもわからない。もしかしたら暴れるかもしれないのだから、街で話しかけるのは悪手だな。白や青は確実に上位として扱われるだろうが、だからこそ、声を掛けても子を探してほしいとそれしか考えないだろうな……」

メリッサは、ヒューバードと共に沈黙し、考え込む。

「この場所には他の上位竜がいたという情報がない。もし紫が親なら、まだ話を聞けるだけの冷静さを保っている可能性はあったんだが……」

「ここには紫はいないんでしたっけ」

「ルイスからの情報としては、琥珀に話を聞いた限り、ここには琥珀と緑しかいないそうだ」

竜が住む土地にいて、メリッサはいまだに空を飛ぶ竜を見かけていない。それがどれだけ異常なのかは、日頃《ひごろ》辺境伯家で毎日空を飛び、楽しそうに過ごしている竜達を見ているからわかることだ。

メリッサは、竜達が空を飛ぶことを楽しんでいることを知っている。ねぐら生まれではなく、他の国から長旅をして辺境に辿り着いた落陽の紫でさえ、空を飛ぶこと自体は好きなのだ。

「人を警戒して、普段は夜に飛んでいるとかでしょうか……緊急事態……今のような、卵や遺物が奪われた状況のときだけ、急いで探しているのかもしれないですね」

「もしくは老竜が多く、ねぐらを決めたらそこから動かない竜ばかりか」

「ですけど、繁殖の時期がきて、ちゃんと卵が生まれているなら、世代交代はおこなわれているんじゃないでしょうか。それなら老竜ばかりとは限らないと思います」

ヒューバードも、こうしてメリッサと会話をしながら考えをまとめているのだろう。少しずつ可能性を探っている感じがする。

そうして二人で考え込んでいる間に、白の女王が声の位置を特定したのか空から降りてきていた。ヒューバードとメリッサから少し離れた位置に降りた白の女王に、すぐさま荷物を抱えたヒューバードが駆け寄った。

「メリッサ、急ごう。声の主に会いに行く」

「はい！」

ヒューバードに差し出された手を、メリッサは躊躇うことなく握りしめた。

そして、日が傾きはじめた空に、白の女王と青の竜は再び舞い上がった。

第四章　森の竜

白の女王が案内したのは、先ほどの森の泉からさらにリュムディナ王都と逆方向に進んだ場所だった。

山と山に挟まれた平地に、とても小さな、けれど澄んだ水を湛《たた》えた泉が湧《わ》いている。

桃色の小さな花が水面に浮かび、それが空の青と木々の緑を写し取った水面に僅《わず》かな波紋を浮かべている。

幻想的な光景だった。

そして、メリッサはここにはっきりとした竜の気配を感じていた。

水場まで、点々と続く石の足場がさりげなく設けられ、それが森へと続いている。水苔《みずごけ》も使って踏み固められたそれは、驚くことに竜が加工したものだろう。

竜は、必要に駆られて道を作る場合、まず石を運び道の基礎を作り、そこを土や木の枝、草などで埋め、かなりしっかりした道を作るのである。

竜のねぐらにある青の寝屋の前には、今も石が山積みにされているが、あれは、青の竜が生まれて間もない頃《ころ》、小さな青の竜が水場に移動しやすいよう、他《ほか》の成体の竜達が道を作ろうとしていたあとらしい。

本来なら、卵が生まれるとすぐに産み親達が協力して作り始めるものなのだが、青の竜の場合は産み親が亡くなっていたことと青の卵を温めていたのがまだ若く、一度も卵を産んだことがない白の女王だったため、他の竜達もいつ作りはじめて良いのかわからず、とりあえずなんとなくで石だけを集め、いつでも道が作れるようにしていたようだ。

幸いにも、青の竜はあっという間に飛べるようになったため、道を必要としなくなったのだろう。王竜のねぐらの前は現在はただ石が積まれただけになっているのだが、もとより毎年使っている子竜達の寝屋には、ちゃんと水場まで続く道がある。

つまりこの踏み固められた道は、ここにいる竜達が、これから生まれる子竜のために整えた道なのだ。

「……ヒューバード様。ここには子竜がいるんでしょうか」

「使用したあとがあるから、子竜もいるんだろうな。……生まれたのは、盗まれた卵だけではなかったということだろう」

白の女王に続いて降りてきた青の竜も、そこに竜達の気配を感じたのか、道から外れた場所に移動して、周囲の匂いを嗅《か》ぎはじめた。

「さすがにここまで近ければ、私にも気配がわかるな」

ヒューバードはそう言うと、青の竜を振り返った。

「青、呼びかけてみてくれ。はじめは誰でも構わない」
それを聞き、青の竜は空に向かって大きく鳴き声を響かせた。
グルルル、グァオォォォ
青の竜の鳴き声は、まるで森に吸い込まれるように消えていき、最後の響きが消えた瞬間、森の奥で木々が微《かす》かに揺れはじめた。
はじめに姿を現したのは、ほっそりとした琥珀《こはく》の竜だった。木の陰から顔だけを出し、こちらを窺《うかが》っている。
グルルル
グォウ
青の竜が声を掛けると、恐る恐るといったふうに全身の姿を現し、青の竜の元へとやってくる。人であるヒューバードとメリッサの姿を見て警戒しているのか、あきらかに大きく二人を避けながら青の竜の前に進み出た琥珀の竜は、そのまま頭を垂れた。
ギュルルル
青の竜が何か声を掛け、優しく鼻先をぶつけ合う。
一頭が現れればもう一頭、また一頭と、どんどん竜達が姿を現したが、五頭現れたところで動きがなくなった。
「……これだけ、なんでしょうか」

メリッサが首を傾《かし》げると、ヒューバードは首を振った。

「奥に気配がある。おそらく、子竜を守るために身をひそめているんだ」

だが、とヒューバードは言葉を止める。

青の竜に挨拶《あいさつ》をした竜達は、白の女王を気にしているようなのだが、すぐ傍《そば》にヒューバードがいるためか、みんな動こうとはしなかった。

「……白」

ヒューバードが白の女王を見上げ、出てきた竜達に向けて促すと、頷《うなず》いて青の元へと自ら向かった。

ヒューバードとメリッサは、そこから少しだけ離れて、様子を窺う。

グルルル、ギュア
ギャウ、ギュルル
グルゥ、グルル
白の女王が挨拶を終えた琥珀の竜に何ごとかを尋ね、琥珀の竜がこちらを気にしながら何かを答える。それを何度か繰り返した末、白の女王はヒューバードにその内容を伝えた。

「……メリッサ、この集団、ここ数日、卵を探すために全員何も食べてないんだそうだ」

「あ、はい、わかりました。おやつを出しますね。……でも、食べてくれるんでしょうか」

メリッサは、すぐに用意していたりんごの箱を開けて適当な袋に入れると、それを白の女王に託す。

白の女王は、それを咥《くわ》えて移動し、森のすぐ傍、先ほど竜達が姿を現したその場所にその袋を置き、袋の端を咥えることで中身を地面にぶちまけた。

グゥルルル
優しく森の中に声を掛けると、いよいよ小さな竜が茂みの陰から飛び出してくる。

それはメリッサが見たところ、生まれて間もない緑の子竜だった。

成体の竜達が食べていないなら、子竜ももちろん食べていないのだろう。子竜は白の女王の足元で、挨拶も忘れてりんごにかじりついた。

「……ずいぶん飢えているな」

森の中で、辺境のねぐらよりよほど食料がありそうに見えるのだが、ここでは食性も違うのだろうか。

メリッサが悩んでいると、そのメリッサの前に、白の女王が袋を差し出してきた。

「あ。ごめんなさい、おかわり？」

グゥ
どうやら一袋では足りなかったらしい。竜達はまず子竜が満足するまで食べたあとに、成体の竜達が先ほど転がしたりんごを必死に食べている最中だった。

それを見て慌てて次の袋を用意する。

今度はりんごだけではなく、食べ応えのある芋や食べやすい葉野菜も入れ、白の女王に託す。

先ほど、最初にりんごを食べていた子竜は、ようやく飢えが満たされ、青の竜の元へ挨拶に向かったところだった。

ギュー?

キキュ、キュルルル
青の竜が挨拶に鼻先を突きつけると、子竜はちょんと鼻先をつけ、挨拶を済ませた。

ギュルル、ギュ?

キュー、キキュ
メリッサが見たところ、あの子竜はほんとに生まれて間もない。おそらくは、四、五日というところのはずだ。

イヴァルトの竜達は、すでに卵はすべて孵《かえ》り、みんな飛ぶ練習を始めていた。それを考えると、ここの竜達はずいぶん繁殖が遅い。

考えていたところで、再び袋が目の前に差し出されたので先ほどと同じように野菜を詰め、白の女王に差し出す。それを繰り返したあと、その場にいた竜達は満たされたのか落ち着いた様子でヒューバードとメリッサを観察しはじめた。

「ヒューバード様、あの、ここの竜達、どうしてこんなに繁殖が遅かったんでしょう」

「それを今、白が聞いているところなんだが、どうやら密猟者を警戒してねぐら探しの時間が長引いたらしい」

　その理由に、メリッサは大きく目を見開いた。

「ここの竜達は、繁殖のたびにねぐらを探すのですか？」

「ああ。そしてそのたびに密猟者に嗅ぎつけられ、逃げるように場所を移す。今回は、卵が奪われたと、そう言っているな」

　それを聞いて、メリッサは先ほど見ていた竜達が作った道に視線を向けた。

「……それでも、この場所でねぐらを作る理由があるんですか」

　竜の翼から考えて、この場所はおそらくまだ街に近いはずだ。おまけに、枝を這《は》った木々は飛び立つにも邪魔になる。密猟者が蔓延《はびこ》っている場所より、いっそもっと遠くまで移動してしまった方が安心して暮らせるだろう。

　しかし、竜達には竜達の理由があった。

「……そうか、上位の竜がいないと、こんなところにも弊害があるんだな」

　ヒューバードがそうつぶやいたとき、先ほど竜達が出てきた茂みから、さらに一頭の緑の竜が姿を現した。

　まるで森がそのまま切り取られたかのような深い緑の鱗《うろこ》をした竜だった。その目を見て、メリッサは一瞬固まった。

「ヒューバード様、あの、あの目……」

その竜の目は、光を受けて輝いていた。色合いとしては、冴《さ》え冴えとした冬の月といったところだろうか。今まで、辺境でも見たことのない色合いに、メリッサはとっさに特殊な例外なのだろうと判断した。

しかし、至って冷静なヒューバードによる答えは、それこそメリッサにとって意外なものだった。

「あれは、鱗で言うなら白だ。白は、目に現れると銀になる。……だが、実は目に白が現れるのは青より珍しいらしい」

「そう、なんですか？　確かに、辺境では見ない色です」

メリッサの言葉に、ヒューバードは頷く。

「目の色は、鱗よりもさらに親からの影響が大きくなる。イヴァルトの竜は、元々青い目の竜が多かったが、銀目は一頭もいなかったから、今も出ることがない。ここはおそらく、銀目の竜の一族が続いているんだろう」

しかし、一族というには、他に銀色の目をした竜は見られない。最後に出てきたその竜だけが、銀色の目をしていた。

「……銀目の、緑ということでいいんでしょうか？」

「そうだな」

銀目の緑の竜は、木陰から全身を現すと、ゆっくりと青の竜に歩み寄った。

青の竜の前で頭を垂れ、青の竜へと挨拶を始めた。

「……ヒューバード様、もしかしてあの竜が……長老の竜なのですか？」

「ああ、そうだ。ここにいる竜達のまとめ役で、長老の一頭、らしい」

らしい、ということは、白の女王にもそのあたりの情報は語ってくれていないのだろう。

ルイスやデリックがイヴァルトに送ってきていた調査報告書では、現地の竜で接触があったのは若い琥珀の個体だった。基本的に、琥珀はそれほど知力がなく、野生竜だとなおのこと、会話をするのは難しいという。そんな中で聞き出したのは、この場には上位竜がいないこと、そして長老がまとめていること、だった。

堂々とした銀目の緑の竜は、青の竜の前で腰を下ろすと、そのまま青の竜に何ごとかを伝えようとしていた。

「……メリッサ、先ほどこの場所でねぐらを作る理由があるのかと言っていたが、別に竜達はここの場所に固執していたわけではない。上位竜がいなかったために、新しい土地に行けなかったんだ」

それを聞いても、メリッサには意味がわからなかった。

「上位竜がいないと、そこまで……違うものなんですか？」

「竜達には、自分の力が及ぶ範囲がある。上位竜ならばかなり広域にわたるが、琥珀や緑はそれなりの広さしかない。強固に絆《きずな》が結ばれていれば違うだろうが、竜同士でも離れた場所に意思が伝えられるかどうかは、個々の竜の能力が問われる。……竜達を各地に飛ばして状況について調べようとしても、その飛ばした竜の現在の状況は緑ではわからない」

はっとして、今現在何ごとかを青の竜に話しかけている緑に視線を向けた。

あの銀目の緑の竜は長老と呼ばれているが、緑の竜なのだ。長老になれば力が上がるとか、特別な能力がつくとかではない。ただ、長く生きている緑の竜というそれだけなのだと、メリッサはようやく理解した。

「……さらにここの竜達は、普段は各地に自分のねぐらを持っているが、卵を産むときはここに帰ってくる。だが、その場所を変更しようとしても、各地にいる竜にそれを伝える手段がない。だから結局みんな、ここに帰ってきてしまう。そしてあの銀目の緑が、苦肉の策でできるだけ安全そうな場所にねぐらを作り、そこで卵を産ませているそうだ。……だからここの竜達の繁殖期は、他より遅くなるんだろう」

その話を聞き、メリッサは思わずたった一頭の子竜に視線を向けた。

「……なるほど。あの銀目の緑は、青に新しいねぐらを探す手伝いをしてもらいたいようだ」

「そうなんですか……でも、いなくなった卵はどうするんでしょうか」

「……数日探して見つからないようならば諦《あきら》めると。一頭でも守ることができればそれでいいと言っている」

「そんな!?」

思わず声を上げたメリッサに、ヒューバードは自身も辛《つら》そうな表情で、竜達の言葉をメリッサに伝えた。

「ここでねぐらを持つ限り、人が何もかもを盗《と》っていく。安全に子を守れないこの場で子を産むしかできなかった自分達に、安全なねぐらを与えてほしい。それがあの銀目の緑の願いのようだ」

「……つまり、密猟者はずっと、ここにいたんですね」

「そのようだ。人の集まりができる前から、竜達はここにいた。人があとから来たんだそうだ。竜から宝を奪い、命も脅かす国を、竜達は一度はほぼ滅亡させた。それでも密猟者は現れる。緑と琥珀の自分達では、どうしても逃げられなかったとそう言っている」

銀目の緑の竜も、卵を諦めたくて諦めるわけではない。今まで、そうすることしかできなかったのだろう。

メリッサ達に襲いかかるのではなく遠巻きなのは、あくまで二人が白の騎士であることと、青の鱗を与えられた存在であるからに他《ほか》ならないのだ。

竜の信頼を得ている証《あか》しを持っている二人でも、ここの竜達は人であるというその一点で、二人を信じることができないほど傷ついているのだ。

気がつけば、あたりは少しずつ暗がりに包まれてきている。ここは森の中心地であるだけに、メリッサの体にもひんやりとした森の空気が感じられ、思わず自分の体を抱きしめる。

その様子を見たヒューバードは、メリッサを自分の上着の内側に入れ、肩を抱いた。

「……仕方ない、一度帰るか」

「……」

そのヒューバードの決定を、メリッサも仕方がないと小さく頷き受け入れた。

今も竜達は、メリッサ達に対して僅かに怯《おび》えている態度を隠そうとしない。

ここの竜達は、人を怖がっている。人を信じられなくなっている。小さな子竜が、先ほどからメリッサ達を見て、銀目の緑の足元で隠れて不安そうにしているのを見て、メリッサは自分達がここにいてはいけないのだと理解した。

「いつまでも私達がここにいては、あの子竜も落ち着いて眠れないのですね」

「そうだな」

静かな同意の言葉に、メリッサは項垂《うなだ》れた。

白の竜騎士であるヒューバードですらその状態では、ますますメリッサは自分がどうすれば良いのかわからなかったのだ。

「……私では、何もできないことが、悲しいです」

今は静かに立ち去るべきだろう。そう考え荷物を手にした二人だった――が。

グゥルル、グルル、ギュー
そのときメリッサとヒューバードを引き留めたのは、青の竜だった。

青の竜は、メリッサは自分の親であり、ヒューバードはそのつがいであるからと、この場にいる竜達を半ば無理やり納得させた。

竜達が、子竜を連れて森の中へと消えていくのを見送って、メリッサとヒューバードはこの場に火を焚《た》き、ようやく野営の支度を始めたのだった。

白の女王が拾ってきた倒木に腰を下ろしながら、焚いた火で沸かしたお湯で入れたお茶で手を温める。

森の水場の近くということで、驚くほど夜は冷気を感じる。普段生活している辺境伯領も、夜は冷えるから、その気温だけは似ているのだなとメリッサは感じていた。

「……想像以上だな」

ヒューバードのため息交じりのつぶやきに、メリッサも力なく頷いた。

「王弟殿下のお話を聞いている限りでは、密猟者の存在はここ最近のことだと思っていましたが……」

「ああ、私もそう思った」

しかし実際には、竜達はリュムディナの前文明が興る前からここにいて、前文明ができた当時から密猟者に狙《ねら》われていた。

「……それにしても、密猟者達は、奪ったものをどこへ売っているんだろうな？」

「船で輸出ということは、リュムディナに相手はいないのでしょうか」

「もし奪われたものがこの大陸に帰ってきたら、空を飛んで確認している竜達が気がつくはずだ。それが自分達から盗まれたものならなおさらだ。それがないということは、リュムディナ国内には帰ってきていないんだろう」

火に薪《たきぎ》をくべながら、ヒューバードは白の女王に視線を向ける。

「白も、あの町には鱗等はなかったと思う、だそうだ。全体を見ていたわけではないし、そもそも別大陸の竜なので探りにくくはあるだろうが……」

その白の女王も、若干気落ちしたような表情で炎を見つめている。そんな白の女王の姿を見たことがなかったメリッサは、思わず目を閉じ、うつむいた。

「……青、白、ここにデリックかランディは呼べるか？」

グゥ？　グルァ
「デリックさんとランディさんを呼んで、どうするんですか？　ルイスさんは？」

不思議に思ったメリッサが尋ねると、ヒューバードは肩をすくめ空を見上げた。

「どうすれば竜達に信頼されるか、何ができるのか、ひとまず相談をしなければと思ってな。ルイスは、王弟殿下との連絡用だ。デリックとランディよりは、あいつの方が殿下に近い。カーヤ姫の伝手《つて》を頼り、緊急事態でも対応してもらえる可能性もあるだろう」

ヒューバードがそう言ってから、半刻もしないうちに空に竜が二頭現れた。その背中にはそれぞれ騎士を乗せており、ゆっくりと空から降りてきたのである。

「待たせた」

ランディがそう言いながら、メリッサにバスケットを差し出した。

「これ、メリッサが連れてた侍女さんから。届けられるなら、保存食よりはしっかりしたものを食べた方がいいだろうと」

メリッサは、そのバスケットを受け取って、今までこわばっていた顔に笑みを作った。

「あと、竜達の野菜も追加で持ってきた。ここの竜達にも食べさせるなら、多い方がいいだろう？」

デリックは、自分の騎竜である緑の矢から箱を降ろし、白の女王の傍に積み上げる。

そして、二人分のお茶をメリッサが入れ、手渡してから、あらためて話し合いは始まった。

「……なるほど、状況は最悪、と」

デリックがそうつぶやくと、ランディもため息交じりに肩をすくめた。

「卵が奪われたってのはルイスから聞いたが……そんな前から、ずっと密猟者がいたってのは聞いてなかったな」

そんな二人に、ヒューバードは真剣な表情で語りかける。

「奪われた品々がどこか国外に送られているのは間違いなさそうだ。だが、今はそれより、この竜達の問題をどうにかしなければ動けない」

「……安心して繁殖できるねぐら、か」

ランディがそうつぶやいて考え込む横で、ランディは青の竜に問いかけていた。

「それを頼まれたのは青の竜ってことだが、それは俺達の手伝いが許されていることか？」

その問いかけに、青の竜は何も答えなかった。イヴァルトでならそれも可能だっただろうが、ここの竜達はそもそも竜騎士を受け入れてはいない。

青の竜も、いつものように竜騎士に頼むことは不可能だと、察しているようだった。

「いきなり移動って言われても、そもそも場所の心当たりとかあるか？」

ヒューバードの問いかけに、困ったように青の竜は首を振る。

「そうだよな……いくら前の青の竜の知識があるからって、今の状況もさっぱりわからん状態で、いきなりねぐらは探せないよな」

ギュー……

青の竜としても、なんとかしたいとは思っていたらしい。しかし、状況をわからないままでは、あの緑の竜にただ希望を持たせることになってしまう可能性があるため、答えられなかったようだ。

青の竜は、生まれた瞬間から人の傍にあり、半ば人の手によって育てられた竜である。だからこそ、青の竜は、この問題に人の手を借りるべく、ヒューバードとメリッサを残したのだろう。しかしそれを、ここにいた長老の緑の竜が認めるかどうかは、この場の誰《だれ》も予想できなかった。

「青、青はこのあたりの地形の記憶はあるの？」

メリッサの問いかけに、青の竜はこくりと頷いた。

ギュルル、ルル、グゥ
「記憶はあるようだが、地形が変わりすぎているそうだ」

「地形が？」

思わず周囲を見渡したメリッサに、ヒューバードが青の竜の言葉を通訳して説明した。

「どうやら、青の記憶では、このあたりにも人の街があったんだそうだ」

「……え？」

今度はメリッサだけではなく、デリックやランディも周囲に視線を巡らせる。

「まったく人の手の入っていない森に見えるが……」

「昔はあのリュムディナの街からここまで、人の家が続いていたそうだ。このあたりにも人がいて、竜達が壊したと言っている」

その説明に、メリッサは眉根《まゆね》を寄せた。

「それは、あのゼーテの物語でしょうか」

「そうなんだろうな……おそらく竜達が話していた人を滅亡寸前まで云々《うんぬん》も、そのことだろう」

思わず口ごもったメリッサの横で、デリックはため息をついた。

「ここまで人に傷つけられた竜が欲しがる安全なねぐらか……どうしたもんかな。どこまで行っても、密猟者達は蔓延ってるだろ、これ」

メリッサは、ひとつだけ、あの竜の願いを叶《かな》える方法を思いついていた。しかし……。

「竜が人を信頼してくれるのなら……人の手で、守ることができるんじゃないかとも思うんですけど」

それを聞き、ランディが訝《いぶか》しげな表情をメリッサに向けた。

「人が？　どういうことだ？」

「辺境のねぐらと一緒です。あそこは、竜達が多いから、竜達自身もねぐらを守っていますけど、まず密猟者をねぐらに近寄らせないよう、警備をしているのは国と辺境伯家です。人が盗んでいるのなら、人の視点で、その密猟者を近寄らせない方法もあると思うんです。ですが……今、ここの竜達は、人を信頼できないんです。子竜達が、はじめて見る人間である私達を見て怯えてしまうほど、ここの竜は人に傷つけられています。この状態で、私達が竜を守るからと言っても、信じてもらえないと思うんです」

人が竜を守る。イヴァルトの前例もあるのだ。やってやれないことはないだろう。

竜騎士のための施設と人材作りを始めようとしているリュムディナに、まず先に竜の保護に力を注いでもらえるならば、少しはましになるはずだ。

そうして竜と人で連携している間に、信頼も生まれてくるかもしれない。

だが……。

「まず一歩を踏み出す時点で、竜達が認めないなら意味がない、な」

ヒューバードも、同じようなことを考えていたのだろう。すべては、竜が受け入れてくれなければ始まらないのだ。

この場にいた全員が行き詰まりを感じ、沈黙していた。

その中で、大人《おとな》しく話を聞いている青の竜に、メリッサが突然語りかけた。

「青。青は、ここの竜達に、何をしてあげたい？」

ギュ？

「はじめ、あの竜達に話を聞いて、してあげたかったことは何？」

青の竜は、ここの一族達にとっても王である。他にはない力があり、竜達からは信頼されている。その威力は、人であるメリッサやヒューバードがいても、子竜を表に出すくらいだ。

だからといって青の竜に、「人は信頼できるのだから、受け入れろ」と竜達に伝えさせるのはそれはそれで間違っているのだとメリッサは思う。

自分達人間が、真実信頼されない限り、竜達は傍にいる人間達を、常に疑いながら怯えて暮らすしかなくなってしまう。それでは竜達にとって安全なねぐらとはとても言えないだろう。

少しでも、竜達に信頼されるにはどうすればいいのか。同じ竜である青の竜が、あの竜達にしてやりたいと思ったことに、その手がかりがある気がしたのだ。

……ギュー……ギィギュ、キキュー

「卵を探したいそうだ」

ヒューバードが、優しく微笑《ほほえ》みながらメリッサにそう告げた。

ギュ、ギィギュ

「……今ならまだ、卵は生きてる。卵の中で、外の声を聞いているはず。だから助けたいと、そう言っている」

「今なら、まだ……」

「卵は、成体の竜が歌を聞かせてやることで孵る。……青自身がそうだったから、なおさら助けてやりたいんだろう」

メリッサは、青の竜の言葉に、きゅっと下唇をかんだ。

卵から出ることを怖がっていた青の竜に、声を聞かせたのはメリッサ自身だった。あの日、卵の殻が割れ、青の竜が顔を出したときのことは、今も覚えている。

凝縮された空の青。卵が孵った直後、輝くような表情で喜びの雄叫《おたけ》びを上げた白の女王の姿は、幼い頃から竜を見ていたメリッサもはじめて見たものだった。

今の時期なら、もう卵はいつ孵ってもおかしくなかったはずだ。現にここのねぐらには子竜が一頭、すでに孵っているのだ。

それなら、卵の中で、子竜は外の音を聞きながらどれだけの不安と闘っているのだろうか。

メリッサは、爪《つめ》が食い込むほどに拳《こぶし》を握りしめ、青の竜に声を振り絞って告げた。

「……助けたい。私も、卵を助けてあげたいの、青」

……ギュー
「疲れたような表情で、卵を諦めると言うしかなかったあの銀目の緑に、ちゃんと卵は生きていたって、見せてあげたい。一頭も、諦めることはないんだって、言ってあげたい」

メリッサの真剣な表情に、青の竜はまるで甘えるように顔を擦り寄せた。

大きくなった青は、もうメリッサの足元に擦り寄ることはできない。だから頭をメリッサに伸ばし、鼻先を擦《こす》りつける。

メリッサは、その青の竜の顔を抱きしめて、ただただ自分の思いを口にした。

「ずっと竜達を見続けて、この場所で一族を守り続けて、諦めることを覚えてしまったあの緑の竜が、もっともっとたくさんの子竜達を見られるように……助けてあげたいの」

「……メリッサ」

必死で青に笑顔を見せようとしていたメリッサの目から、大粒の涙が零《こぼ》れた。

人よりもずっと強い竜が、諦めることを覚えるほど、ここの竜達は疲れきっている。同じ人だからと、自分達が謝罪したところで、密猟者の行動が変わるわけでもない。ただの慰めなど、ここの竜達にとっては迷惑なだけだろう。

せめてこれから生まれる竜が、無事にいられるように。今、自分達が出会えた子竜が、無事に成長できるように。これから先、ここで生まれる竜達が、自由にのびのび空を舞えるように。

すべてはそれからなのだ。

勢いよく涙を腕で拭《ぬぐ》ったメリッサは、まだ涙で湿ったその顔をヒューバードに向けた。

「……教えてください、ヒューバード様。私はどうすれば、卵を助けられるでしょう。一緒に、考えてくださいますか」

「もちろんだ。今、この大陸に竜騎士は四人だけだ。……だが四人もいるんだ。騎竜も含め、全員がメリッサと同じように、卵を助けたいと思っているよ」

ヒューバードに続き、デリックやランディもメリッサに頷いて見せた。周囲にいる騎竜達も、同じくメリッサを優しい眼差《まなざ》しで見つめている。

「では、さっそくどうすれば良いのか、本格的な手段を考えるか」

「おう」

竜騎士三人がメリッサを見ながら、手招きをする。そしてヒューバードに差し出された手を、メリッサはしっかりと握りしめた。

「具体的に、どこにあるのかが問題だな」

ランディはそう告げて、ルイスからの一報を受けたあとに確認した、港のここ最近の積み荷に関しての話を口にした。

「卵ほどの大きさのものとなると、隠して運ぶのにはどうしても大きな馬車や荷車が必要になる。大型船となると、それなりにそういった大型の荷物を運ぶことは多いが……ここ数日は、そういった外洋船自体が港にいなかったんだそうだ」

「小型船でも、荷物は入れるだろう？」

デリックの言葉に、ランディは首を振った。

「その荷物は、すべて樽《たる》か抱えられるくらいの木箱に入れ、人の手で運んでいたそうだ。質問なんだが、竜の卵は樽に入ると思うか？」

ランディの質問に、全員が沈黙した。

この場にいる面々は、全員卵の大きさを知っている。他でもない。卵だった青の竜を救出したのは彼ら竜騎士であり、その卵を孵すために白の女王に預ける決定をしたのも彼らなのだ。

メリッサは、自分が白の女王の寝屋で抱きしめた卵の大きさを思い起こし、無理だと断言した。

「入らないとは断言できませんが……おそらくですけど、青の卵は私が腕を回して、手先が届くか届かないかくらいでした。その大きさを入れるとなると、樽自体がかなり大きなものじゃないと、入らないかと」

「ああ。基本的に、船に積む関係から、船用の樽はどこの国も同じ大きさで揃《そろ》えている。他の用途ならいざ知らず、船に乗せるための樽に、竜の卵は入らない」

それならばと別の手段で持ち込もうとすると、それはそれで目立つことになるらしい。

「ほぼ樽の大きさの、何か丸いものだ。そんなもの、小型の船でも積もうとした時点で目立つだろ。……船に乗せるにしても、別の手段を使わないと人の目はごまかしようがない。だから、卵は港には来ていないと結論づけて大丈夫だと思う」

ランディの言葉に、デリックも頷いた。

「前に、卵が盗まれたとき、辺境の場合はねぐらの近くに放置して孵るのを待つ手法がとられていたことがあった。それを考えれば、まだ近くにあるかもしれない」

そのヒューバードの意見には、デリックはしかし、と首をひねった。

「近くにあったとして、竜は卵の存在には気づかないものか?」

デリックの問いに答えたのは、騎竜達だった。

卵は、遺物のように呪《のろ》いなどかかっていない。卵の中の存在は声も小さく、少し離れればわからなくなってしまう。

そもそも、ずっと傍で親が温めているはずの卵が盗まれることなど、想定してはいないのだ。

実際に探す竜達の説明を聞いて、メリッサも納得するしかなかった。

「印もなにもない、声も上げない存在を見つけるのは、難しいですね……」

ううん、と唸《うな》りながら、メリッサは自然と青の竜へと視線を向けていた。

青の竜は、自分達のために人が知恵を絞っていることがわかっているのか、大人しくこちらの話を聞くことに徹しているようだった。

青の竜は、王竜とは言え生まれたのは昨年で、今年卵や繁殖の様子を直に見たばかりだ。その状況でいろいろ聞かれたところで、即座に反応して答えを返すことは難しいのだろう。

メリッサが自分に視線を向けているのに気づいた青の竜が、すっと顔をメリッサに差し出して、喉《のど》を鳴らした。

それに答えてごく自然に青の竜を撫《な》でながら、思考にふける。

「……いっそのこと、卵がどうやってここから運び出されたのか、それを考えた方が卵に近付けるんじゃないでしょうか」

「……ん？」

「どうやって運び出したか？」

首をひねるデリックとランディに、メリッサは頷いてみせる。

「密猟者が、この場所から卵を運び出した手段です。竜のねぐらの近くには、竜達がいます。正確に、どこにねぐらがあるのかわかりませんが、ここからそう遠くありません。今も竜達は、こちらの気配を察していると思います。……産み親の竜が卵から離れたとしても、水を飲んだりする場合ですよね。食料は、イヴァルトのねぐらの場合、卵を温めている最中には他の竜が水場まで食料を運んで食べさせていました。あれが竜の習慣なら、ここの竜もそうしていたんじゃないかと思います」

「……そうだな。少なくとも、ここの竜達は密猟者の存在については心に刻み込まれている。他の場所よりも卵から目を離さないよう気をつけているだろう。産み親なら言わずもがなだ。……その状態で、正面から卵を持っていくことは難しくないか」

卵を温めている場所からここまで、おそらくそう遠くない。そして竜は、人の気配を察している。人が近くにいるときに、卵の傍を離れたとは思えない。

ヒューバードの言葉を聞き、デリックは首を傾げたまま、竜に視線を向けた。

「竜達が人の気配がわからなくなる方法っての、あるのかな？」

「……え？」

メリッサは、竜騎士から出てくるとは思わなかったその疑問に固まった。

「そもそも、竜達は何で人の気配を察しているかの話になるな」

その場にいた全員の視線が、白の女王に集まった。

全員、この疑問の答えを一番答えてくれそうなのは白の女王だと思っていた証しだろう。白の女王は、ある意味この中で、最も深く人づきあいのある竜なのだ。

……グゥ、グルル、グゥ
白の女王が、何かをヒューバードに説明していた。やけに細かいような気がしたので、さすがのメリッサも白の女王が何を言っているのかわからずただ見ているだけしかできない。

そして、ヒューバード以外の竜騎士二人も、不思議そうな表情で首を傾げていた。

「……すまん、白の女王の言葉がよくわからん」

そうして、素直に手を上げたデリックに、ランディとそしてメリッサも同じく手を上げた。

「ああ……すまない、感覚的な説明で言葉に変換するのが難しかったらしくて、頭の中に直接教えられながら補足説明を受けていたから……」

ますますわからないその場の面々に、ヒューバードはしばらく困惑したように沈黙し、小さな声で白の女王からの説明をかみ砕き、伝えてくれた。

「はじめに、全体に自分の力の網のようなものを振りまいて、その場にあるのが生き物かどうかを探る。そしてそのあと、その生き物が何かを、経験などで判断する、ということを言いたかったようなんだが、最初の力を振りまく時点で意味がわからなかった」

ヒューバードも、さすがに人間にできない力の使い方については、説明のしようがなかったらしい。

メリッサは、その説明を聞いて、あらためて白の女王に質問した。

「白、それじゃあ、生き物と生き物じゃないものの区別はどうやってつけているの？　その最初に見分けるための力は、どうやって判断しているのかわかる？　例えば、少し動いているからとか、心音が聞こえるとか」

グルル、グルゥ

メリッサの質問に、白の女王はすぐに答えを出せたらしい。ヒューバードに視線を向けると、答えはあっさりと出てきたのである。

「動き、なのか」

「そうだな、人間なら、呼吸している限り、どこかしら動いているよな」

「動きを見るなら、呼吸で起こる風でもわかるだろうな。どんなに息をひそめていても、呼吸は続けているだろう。……そこまで完全に動きを止められる人間ってのは、さすがにいないだろうからな」

「……」

メリッサは、今の答えを聞いて、ふと思う。

イヴァルト王宮で侍女をしていた頃に、竜と竜騎士の関係について、しつこいほど学んだことがあった。

竜達は、竜騎士が屋内へと姿を隠すことをとても嫌う。

竜騎士として選ばれたばかりの見習いなど、ある意味典型ではないだろうか。

「……それじゃあ、その力というのは、壁を越えられるもの？」

もし越えられるのなら、竜達はあそこまで、竜騎士が屋内に入ることを嫌がるだろうか。

ギュ？　ギギュ
今のは、メリッサにもはっきりとわかった。否、だった。

「じゃあ、壁向こうの人の気配は、わからない？」

ギュ、ギュア、グルァ
「それが人のいる施設のようなものなら、今度は耳を使うが、人のいそうにない場所だとそこまではしない……まさか」

全員の視線が、周囲を取り囲む闇《やみ》の向こうへと向けられる。

「この近くに、どこか完全に壁に囲まれた空洞があると、そう言っているのか？」

「むしろ、竜達がねぐらにしている穴がどんな構造なのか、見てみる必要があるんじゃないでしょうか」

つい先ほど、メリッサも聞いたばかりだ。

青の竜は昔このあたりは人の街だったと言っていた。過去、人が生活していた場は、人が消え去るといつしか自然に覆われ、隠れていく。つまり、遺跡と呼ばれる存在となっているのである。

「……街にいるルイスに、急いでそのあたりのことを調べてもらう必要があるな」

「さすがに夜は無理だろう。せいぜいあの離宮にある文献を調べる程度だ。でも、あそこに過去の竜との争いについて、資料なんかはなかったような気がするんだが……」

デリックが悩みながらそう告げると、メリッサもなんとなく気づいていたことを口にした。

「もしそんな直接的な資料があれば、王弟殿下も聖人ゼーテの物語を我々の説明に持ち出さなかったんじゃないでしょうか」

「だよな。俺もそう思う」

デリックやルイスも、リュムディナに来てから竜のねぐらがある場所の資料を探していたらしい。その二人が資料はなかったと言うのならば、よほどのことがない限り文章による情報は国には残っていないか、もしくは他国の人間には見せないように情報が規制されていると考えても良いだろう。

「……街での資料捜索で、せめて地図でも出ればいいところか」

そうなれば、地道にこの近くから、あるかもしれない遺跡を探して歩くことになる。

「それもこれも明日、竜達に調査を申し入れてからだろう。……そもそも、それを受け入れてもらわなければ、おそらくはこの周囲に私達がいることも許してもらえないかもしれないからな」

すでに周囲は真っ暗だが、この水場にいる限り、竜達にこちらの存在は筒抜けとなる。竜騎士であるヒューバード達には、竜の気配もわかっているし、おそらく声も聞こえているはずだ。

そんな中にあっても、メリッサの願いを笑って受け入れてくれたのだ。

メリッサは、自分にできることをする。そう覚悟を決めた。

「……竜達の説得は、私がやってもいいでしょうか」

ヒューバード達は、それについて、良いも悪いも口には出さなかった。

「竜達には、私達の言葉は伝わるでしょうか。それだけが心配なんですけど……青、大丈夫かしら」

メリッサが青の竜に視線を向けると、なんでもないことのように頷いている。その様子を見て、メリッサは青の竜の鼻先を撫でた。

「青も手伝ってくれるなら、きっと大丈夫。卵を見つけてあげましょうね」

ギュー

メリッサの言葉に応え、穏やかな表情で甘える声を出した青の竜は、そのまま首元をメリッサに擦り寄せ横になる。

「あとは明日《あす》だな」

ヒューバードの言葉に応え、竜騎士二人も頷いた。

「俺達はいったん街に帰る。ルイスと一緒に王弟殿下と話し合ってくる」

ひとまず、王弟に竜達と密猟者の現状について、説明しておかなければならない。明日の竜の説得についてはメリッサとヒューバードにすべて任せ、二人は街へと帰っていった。

早朝、竜達はまだ光も差さない時間に、水場に姿を見せはじめた。

竜達は夜間でもちゃんと目が見えるので問題ないのだろう。集まってきた竜達の中には、生まれて間もない子竜の姿もちゃんとある。

「……青、白。みんなに野菜を渡してあげてくれる?」

竜達が動く前に、すでに袋詰めにしておいた野菜を二頭に渡し、竜達の前に転がしていく。

竜達は、素直にそれを口にして、お腹《なか》を満たしていた。

「……昨日《きのう》から思っていたんですが、ここの竜達は飛ばないんですね」

昨日野営した場所で、竜達を見ていたメリッサは、ふとそんなことを考えた。

ここで竜達が飛んでいる姿を、今も見ていない。しかしここの竜達の翼は大きくしっかりとしたもので、普段からちゃんと翼を使い、飛んでいることを思わせた。

「今は、ねぐらの位置がわかりにくいように飛ばないようにしているんじゃないかと思う」

普段は自由に飛んでいるとおぼしき竜が、ここの空では飛べないことに肩を落としつつ、メリッサはここの長老である銀目の緑の竜が姿を見せるのを待っていた。

竜達は、持ってきた野菜を嬉《うれ》しそうに食べている。ここの竜達が普段何を食べているのかはわからないが、野菜や果物は好むらしい。特に小さな子竜が、甘いりんごを食べているのを見て、緊張でこわばっていたメリッサの顔にも笑みが浮かんだ。

そうこうしているうちに、あたりに少しずつ光が満ちてくる。真っ暗だった森が、少しずつ光に照らされ、木の存在が露《あら》わになり、緑の色合いが濃く映し出されていく。

そして緑の葉が、光を受けて鮮やかに輝きはじめた頃、銀目の緑の竜はゆっくりと姿を現した。

すでに他の竜達は、それぞれ食料である野菜と果物を口にして、それぞれの寝屋に帰っていったのだろう、一頭も残っていない。その状態で、老竜はゆっくりと水を飲み、そして帰ろうとしていた。

「あの、待ってください。銀目の緑」

メリッサの言葉に、緑の老竜は足を止めた。

ギューア、グルル、ルル
青の竜も何ごとかを告げ、緑の老竜はその青に一瞬視線を向けると、再びゆっくりと振り返った。

「……足を止めさせてごめんなさい。私はここにいる、青の竜の代理親、メリッサと言います」

真剣な表情で、まっすぐと老竜の銀色の瞳《ひとみ》を見つめながら、ゆっくりと語りかける。

竜と対話するために必要な項目を頭に思い浮かべながら、メリッサは言葉を紡ぐ。

「私は、人の言葉でイヴァルトという名前の国から、海を渡ってここに来ました。その場所には、竜のねぐらがあって、ここに居る青の竜はそこで生まれました。あなたの人に対する警戒は、こちらにいる白の女王と、絆を結んだ騎士ヒューバードを通じて私達も理解しています」

緑の老竜の表情は変わらなかった。あの、どこか諦めたような疲れきった表情で、メリッサに銀色に輝く目を向けている。

表情から感情が推し量れない老竜を前に、メリッサは一歩も引くことなく立っていた。

「私達は、あなた達に協力を求めに来ました。あなた達に、人と共に行く道を考えてほしいと、そうお願いに来ました。ですが今、ここの現状を知り、それは不可能であると思いました。信頼できない相手に、自分の命を預けることはできないだろうと、そう思いました」

辛く思っていても、目を背けない。すべてを見定めるような静かな銀色の目に、すべてを覗《のぞ》かれていても構わない。その覚悟もなく、竜の前に立つことなどできないのだ。

「だから、私達のそのお願いは考えません。ただひとつ、あなたに許してほしいことがあります」

緑の老竜は、その一瞬だけ、メリッサから視線を外し青の竜へと向けた。その一瞬で、何か会話があったのか、それともなかったのか。それもメリッサにはわからない。

わからなくとも、メリッサが訴えることはひとつしかない。

「どうか、私達人間に、あなた達が奪われた卵を救い出す許可をください」

緑の老竜は、それでも何も言わなかった。表情ですら変わらなかった。

「相手は人間です。竜では入れない、狭い隙間《すきま》や屋内などに入り込んで、あなた方の視線から逃げているかもしれません。人間だからこそ思いつくような手段で、卵を隠してしまったかもしれません。ですから、私達に、密猟者から卵を取り返す許しをください。……もちろん、救出した卵は、産み親の竜の元へ速やかにお返しします」

メリッサの言葉に、はじめて正面の緑の老竜の目が揺れた。その視線は、不信で揺れている。

ギュー
青の竜が、勇気づけるようにメリッサに声を掛け、それを聞いてメリッサも、あらためて姿勢を正した。

「……私が青の竜の親となったのも、他でもない、青の竜が卵のときに攫《さら》われていたからです。人の世界の混乱に乗じ、密猟者達に狙われて攫われた卵を取り返したのは、白の女王とその騎士ヒューバードをはじめとした、イヴァルト王国の竜騎士達でした。竜騎士は、人と竜を繋《つな》ぐ者。彼らは竜の絆を与えられた騎士として、竜の声を聞き、竜の願いを叶えます。……私は青の竜の親として、青の竜と同じ恐ろしい思いを、攫われている子竜にさせたくはないのです。助けるのは早ければ早いほどいいはずです。どうか、私達に捜索させてください。お願いします」

水辺が、かつて経験がない静寂で包まれる。メリッサは一時も緑の老竜から目を離さなかった。自分が真剣であることをわかってもらうためには、目をあわせ、竜達にこちらの感情を読んでもらうのが一番早い。

沈黙の中で、しばしメリッサは緑の老竜と見つめ合い、そして先にその視線を外したのは緑の老竜だった。

一瞬困惑の表情を浮かべ、青の竜に視線を向けると、静かに頷きそしてメリッサに背中を向けた。

だめだったのかと思ったその瞬間、メリッサの背中を、ヒューバードが抱きしめた。

「え、あの、ヒューバード様？」

「あの銀目の緑の竜が呼んでいる。行こう」

ヒューバードの言葉に、目を大きくしたメリッサは、ようやくその言葉の意味を悟った。

「受け入れてくれたんですね」

「ああ」

それを聞き、安堵《あんど》の表情を浮かべたメリッサは、少し先で立ち止まりメリッサを見つめていた緑の老竜に慌てて駆け寄り、そのうしろをついていった。

この緑の竜が、どこに連れて行ってくれているのかは、さすがのメリッサもなんとなくわかる。先ほど、調査を受け入れてくれたのならば、おそらくは他の竜にも説明するためにねぐらに案内してくれているのだろうと思う。

ヒューバードに肩を抱かれたまま、緑の老竜についていったメリッサは、とある点で足を止めた。

おそらくは、元は人の建物があったのだろうと思う。しかも、普通の建物ではなく、かなり大きな建物だ。

ただしその建物は、通常の形では残っていなかった。半ば土に埋もれ、その上には長い年月で成長した木の根が張り巡らされ、自然と人工物によって一種独特な姿の洞窟《どうくつ》として生まれ変わっていた。

人工の石の柱に支えられた土の洞窟の中は、入り口こそ竜がぎりぎり通れるほどだが中は驚くほどに広く、円形のおそらくは競技場か歌劇場のような観客席のある建築物だったらしいことが推測できる。

ただ、その場所は円の半分くらいしか無事な場所はない。

全員がその中に寝屋を持っているのかと思えばそうではなく、元気よく朝ご飯を食べていたあの子竜とその産み親、そしてもう一頭、ぐったりと横たわっている琥珀の竜が、この寝屋を使っているらしい。

そうしてメリッサとヒューバードは、そのぐったり横たわった琥珀の竜を見て、この場所の役割を理解した。

「ここは、子供を産み、育てている竜達のねぐらなんですね……。それなら、あの竜は……」

ぐったり横たわっていた琥珀の竜が、僅かに頭を上げ、突如現れた侵入者に力なく唸り声を上げた。

どうやら気が立っているらしいその竜は、奪われた卵の産み親なのだろう。爪の先が薄く紫に染まり、まるで上品な花でも咲いているように見える琥珀の竜だった。

そんな華やかさを持つ竜は、今はどこかしらやつれているように見える。卵が攫われ、最も動揺したのはこの竜なのだ。気落ちしただろうことは想像していたが、その想像以上に疲労の色が濃い。

ヒューバードは、その産み親を確認して一瞬顔をしかめると、メリッサに気がついたことを耳打ちした。

「爪が紫なら、鱗の色にそれが出る可能性がある。奪われた卵は、どの色であってもかなり知力があるはずだ」

それを聞き、メリッサの顔色も変わった。

「それでは……もしかして、その卵から紫が生まれる可能性もありませんか」

「ある。……生まれたばかりの子竜には、身を守る術《すべ》もない。……その状態で傷つけられれば、たとえどこにいるのかわからなくても、紫の呪いは発動する。この国にいるすべての竜は、この国と敵対しかねない」

それは、考えるかぎり最悪の状況だった。下手《へた》をすれば、連れてきたイヴァルトの竜達にもその感情は伝わりかねない。青の竜や白の女王は耐えられても、琥珀と緑の竜達は、どんなに騎士が抑えようとしても不可能だ。

メリッサは、今思い至った悪い予感を振り払うようにふるふると首を振り、その思いを吹き飛ばす。

「たとえ卵がどんな状態でも、竜がどんな色をしていようとも、それが大切なこの一族の宝物に違いはありませんから。急ぐことに変わりありませんよね」

メリッサはきっぱりとそう言いきると、ぐったり横たわっていた竜のすぐ傍に立ち、琥珀の竜に微笑んで見せた。

「はじめまして。今回、私達であなたの卵を捜索することになりました」

メリッサがそう告げると、微かに唸っていた竜がメリッサを睨《にら》みつけてきた。

メリッサは、先ほど表の水場で緑の老竜に告げた言葉を、この琥珀の竜にも繰り返した。

「……そんな理由で、あなたの大切な卵を取り戻すお手伝いに来ました。私達がいると、あなたがゆっくり休めないかもしれないけれど、許してください」

そう告げると、その琥珀の竜は何かを訴えるように小さな声で鳴いた。

ギュルルル……ギュア

その胸を締め付けるような悲しい鳴き声に、メリッサも泣きそうになる。

「私達も全身全霊で頑張ります。だからどうか、気をしっかり持って」

ギュー……

調査を緑の老竜が受け入れたことを、この琥珀の竜は理解したのだろう。まるでメリッサに訴えるように自分の腕の中に鼻先を向けた。

本来なら、その場所に卵があったのだろう。僅かなくぼみがそこにはあり、ずっと温めていたその形は今も崩れていない。

ギュルル

「卵はまだ生きている。だから人の私が、迎えに行きます。だからどうか、待っていてね」

心配そうな母竜にそう告げると、メリッサはヒューバードと共に、その場所にあるかもしれない人の痕跡《こんせき》を探し始めた。

まず周囲の壁を見て回り、そして隠れられそうな場所を丁寧に見て回る。

「……人の足跡が残っているな」

ヒューバードの視線の先に、確かに人の足跡とおぼしきものがある。メリッサから見てもわかるほどはっきりと残っているあたり、ずいぶんこの足跡の主は油断していたのだろうと思う。

竜達は残り香でこの場所に人が入ったことに気がついたと言っているとヒューバードに聞かされ、あらためて床を見つめる。

そうして言われてみれば人の足跡らしきものは、なんとそこかしこで見つかった。想像以上に量も多く、足跡だけを見れば多くの人がここに来て、踏み荒らしていったようにも見える。

「……どういうことでしょう」

顔色を悪くしてメリッサが問いかけると、ヒューバードは若干顔をしかめ、腕を組む。

「……竜達がここに入る前に、密猟団が下調べでもしたかな」

そうつぶやいたヒューバードは、なにかに気づいたように空を見上げ、すぐにメリッサに小さな声で告げた。

「デリックが来たようだ。少し、外を見てくる」

「はい、いってらっしゃいませ」

ヒューバードがメリッサに軽く手を上げ、そのねぐらを出て行くと、ずっと産み親の陰に隠れていた子竜が顔を出した。

おそらく子竜は、精いっぱいメリッサに見えないようにしながら、観察でもしているらしい。隠れているつもりなら声など掛けず、見えないふりをした方がいいだろうと、メリッサも精いっぱい見えていないように振るまった。

すると見つかっていないと思うのか、次第に子竜の態度が大胆になってくる。親竜の顎《あご》の下で、ほとんど隠れていないのに伏せていたり、翼の陰に隠れたりと、少しずつ遠慮がなくなった姿に、思わず噴き出してしまいそうで、メリッサの表情がどんどんこわばってくる。

そろそろ言ってあげた方がいいのかと思いつつ、メリッサが笑いをこらえていると、ついに子竜は意を決したように、親竜の翼の下から這い出て、メリッサの足元によちよちと近寄った。

メリッサはそれを見て、いつも辺境でしている通りに、子竜が目を合わせやすいようにそこに座り込む。

「……こんにちは」

キャウッ!?

メリッサが声を掛けると、ぴょんと一瞬飛び跳ね、そして転がるように再び親竜の元へと逃げ帰った。

再び、親竜の陰から顔を覗かせる子竜に、メリッサは驚かせた謝罪をしてから、青の竜に問いかけた。

「青、ここで、この子に歌を歌ってあげて大丈夫かしら」

入り口付近で、緑の老竜と何ごとかを話し合っていたらしい青の竜は、それを聞いた瞬間立ち上がり、寝屋の中央にいたメリッサの元へといそいそ近寄ると、そこに腰を下ろした。

その態度は、メリッサの歌をいつも聴きに来るときの姿そのもので、それが青の竜の答えなのだとメリッサは理解した。

「竜達の祝福の歌には敵《かな》わないけれど、人間にも歌があるの。青の竜と一緒に、聴いてくれる？」

親の陰からじっと視線を向けている子竜に、丁寧に説明してから、メリッサはすっと息を吸って、子守歌の第一声を発した。

人間であるメリッサの歌では、竜達の祝福の効果などあるはずもないが、それでも心を込めてメリッサは青の竜もお気に入りの子守歌を紡いでいく。

その歌が、ここに居た竜達にどう聞こえているか、メリッサにはわからない。しかし子竜は、歌を聴きながらじわじわとメリッサに向けて移動してきていた。そのことが、何よりこの子竜の心を表しているようで、メリッサの顔は自然と緩む。

一曲歌い終わる頃、メリッサの目の前にはまだまだ小さな子竜が一頭、まん丸な目を大きく見開き、メリッサを見つめていた。

「人の歌は気に入ってくれた？」

……キュー
少しだけ嬉しそうな表情をしている子竜に、にっこりと微笑んで見せたあと、今度は青の竜に問いかけた。

「青も楽しんでくれた？」

ギュイ！

嬉しそうな表情は、辺境にいるときのまま、変わりない。その様子を見て、メリッサはほっとしていた。

「まだもうしばらく、卵を探すのは時間がかかるから、この中でみんなを守りながら待っていてね」

ギュイ
いつものように青の竜が答えると、青の竜はなぜか白の女王に視線を向け、何かを誘うような仕草を見せた。

白の女王は、入り口からゆっくりと歩いて中央に来ると、突如クルルと歌い始めた。

「……これは、祝福の歌？」

白の女王の歌に、青の竜の歌も重なっている。それを正面で聴いている子竜は、驚いたように白の女王を見上げながら、大人しくしているようだった。

この寝屋にいるすべての竜達が、白の女王と青の竜の歌を聴き、追従することなくただ聞き入っていた。

気がつけば、この卵を産むためのねぐらに、この地にいる竜達がぞろぞろと入ってきて、みんな聞き入っている。

メリッサははじめ、これは子竜に向けられた祝福だと思っていた。しかし、この地の竜達の様子を見て、これはまた違う形の祝福なのだと、歌う二頭の竜を見ながら感動も露わに胸を押さえ聞き入った。

この歌は、この地にすむ竜達に与えられた、上位竜からの祝福だった。

その歌を聴くものの中には、長年この場所を守り続けていた緑の老竜もいた。その表情を見て、入り口近くで白の女王と青の竜の歌を聴いている銀目の緑の竜に、ヒューバードが静かに問いかけた。

「この場所にいる竜は、この大陸の中にいる竜達の一部だろう。その中にも、紫はいなかったのか？」

『……昔の戦いの前、紫達は特に狙われ、狩られてしまった。希少だからと、人間どもの間で特に高値が付いたと。最後まで戦ったが、人間どもの数の多さにやられてその身を奪われた。この地の竜達にとって、傍にある人間どもが暮らす場所は、竜の墓場だ』

メリッサは、この老竜の姿を見て、疲労で何もかもを諦めてしまった顔だと思ったようだが、ヒューバードは冷静に、こちらを見極めようとしていた目だと思った。

『今さら、人を信用など、できるはずもない。……だが、あの娘は、王の親なのだという。強く王に加護された娘を、はねのけることは難しい』

「では、私達は、卵探しを認めてもらえたと、考えてもいいのだろうか」

『王竜の親の、望みなれば』

——メリッサの望みは、私の望み。

その瞬間、ヒューバードと緑の竜に聞こえたのは、青の竜の叫びだった。

——私は卵の孤独を知っている。親の歌も、物音も、光も、すべて一度閉ざされた、そのときの恐怖を覚えている。その恐怖のために、卵から出られなくなった私を孵したのはメリッサの声。メリッサの心。だからこそ——メリッサの望みは、私の望み。すべての竜、すべての子供達に、守りを。

それを聞き、緑の竜は自然と頭を垂れた。

「緑の老竜。青の例があったから、私達は卵も元気に生きているとそう考える。攫われて間もない今なら、まだ助かる。必ず助けてみせる。イヴァルトの竜騎士を、いきなり信じろとは言わないが、私はあの青の竜と自らの騎竜白の女王に誓って、卵を探し出してみせる」

ヒューバードの誓いの言葉に、老竜は僅かに表情をほころばせた。

『王竜の望みなれば』

そして、少しだけ懐かしそうな眼差しを、白の女王へと向けた。

『遥《はる》か昔、我がまだ幼き頃に、イヴァルトから来た竜がいた。王竜が、友として人を選び、それを背に乗せていると聞いたときは我が耳を疑った。だが、あれは真実だったのだな。そして王竜は今、人を親として迎えたと……我は、ずいぶん長く、生きたのだな』

その、遥か過去を遡《さかのぼ》る穏やかな眼差しを見ていたのは、その場に居合わせたヒューバードだけだった。

第五章　信頼への道

ギュー……ギギュ！

離宮の庭で、琥珀《こはく》の小剣が不機嫌そうに尻尾《しっぽ》を地面に打ち付ける。

「しょうがないだろ。姫が護衛なしに出歩くわけにも行かないし、たとえ街の中でも、うかつに自分の足で出歩いたりしちゃだめなんだから」

ギギュー！

「いやいや、お前が馬車の屋根に乗って、もし壊れたらどうするんだ。ここの馬車は、辺境の馬車ほど丈夫じゃないんだぞ。潰《つぶ》れたらカーヤも潰れるんだぞ？」

イヴァルトの馬車というのは、元々竜が乗ってきても中の人間が無事であるように、周囲を頑丈に囲った箱馬車が主となっている。しかしこのリュムディナでは、気温が高めなこともあり、屋根はあくまで飾りの日よけ程度の役割しかない。日よけの布がかけられれば問題ないため、屋根の作りは大変華奢《きゃしゃ》で、車体の軽さを重視して作られたのがよくわかる。

だがしかし、竜のような重量のある存在が屋根に乗って移動することなど、考えられているはずもない。

　ギュルルゥ……

「役立たずってお前……」

　額を抑え、琥珀の小剣の前で呆気《あっけ》にとられ声も出ないルイスに、背後から侍女によって声が掛けられた。

『カーヤ姫様、お出ましになります』

　ルイスが振り返り、出口を見れば、侍女によって導かれ、カーヤが室内から姿を現すところだった。

『お待たせいたしました』

　にっこり微笑《ほほえ》み、カーヤがルイスと琥珀の小剣にそれぞれ挨拶《あいさつ》の言葉を掛ける。

『琥珀の小剣、どうしたの？』

　ギュー、ギュギュ！

　さすがにカーヤは、琥珀の小剣が訴える言葉がわからない。そのため、困ったときはルイスに視線を向けてくる。

「自分も馬車で行きたいと言っている」

　そう伝えれば、カーヤの隣にいた通訳を兼ねる女官がカーヤに耳打ちした。

『まあ……寂しい思いをさせてごめんなさいね、琥珀の小剣。私の馬車では、きっとあなたが乗ったら壊れてしまうわ』

困ったような表情で琥珀の小剣に語りかけたカーヤは、少しだけ考えるように頬《ほお》に手を添えると、そうだと何かを思いついたように微笑んだ。

『あなたが乗れる馬車を開発しましょうか。そうすれば一緒にお出かけもできるわ』

「いやいやいやいやいや、ちょっとまって?」

ルイスは、慌ててカーヤの無茶を制した。

「街の中をごろごろ馬車で行くわけにはいかないから、な? 屋根はつけられないし、かといって屋根なしの馬車だと、翼をはためかせたら街の中のあらゆるものが吹っ飛ぶから。小剣、お前、このくらいの街なら、俺のいる場所もちゃんとわかるだろ? いい子でここに居てくれよ。な?」

ギュー
不満そうだが、ちゃんと頷《うなず》く琥珀の小剣に、ルイスの言葉を通訳から伝え聞いたカーヤも残念そうに頷いた。

『仕方ありませんね。民の生活を、私のわがままで乱すわけにもいきません。残念です』

そうして出発前からゴタゴタしたが、なんとか馬車で出かけることができた二人は、侍女に見守られながら、ゆっくりと馬車で街へと繰り出した。

たとえ婚約者といえど、馬車の中で二人きりにはならないしなれない。王族の姫としてこれは当然のことなのだが、現在のルイスとカーヤには、どうしても傍《そば》につけなければならない人がいる。つまり、通訳である。

馬車の中、カーヤの隣にいる通訳は、ルイスがこの国に来てからずっとカーヤの傍についている。ルイスも慣れたもので、その通訳にわかるようにはっきりと言葉を紡ぐ。

「それで、行き先はどこなのか、そろそろ聞いてもいいだろうか」

『……ゼーテ教の祭司長様の元です』

ルイスはカーヤの言葉に、素直に首を傾《かし》げた。

「ええと、ゼーテ教の中で一番偉い人だったかな？」

『ええ。その方です。昨夜、あなたからの連絡を受け、それならばと父から連絡をしてもらいました』

気負った様子のないカーヤに、ルイスもあらためて聞き直すことなく、話を促した。

『竜のことならば、祭司長様にお伺いするのが一番詳しいと思いましたので』

「……なぜ、と聞いても？」

竜について、ゼーテ教では神聖にして侵すべからずと伝えられているのはこのリュムディナに来てまだひと月のルイスも知っている。その理由が、過去に神の怒りを受けた人間に、言葉を掛けて助けたからだとも聞かされた。

しかし、ゼーテ教にとって竜は神の使者であり、経典に書かれていることがすべてではないかと思ったのである。

しかし、カーヤはそのルイスの意見に静かに首を振った。

『ゼーテ教は、過去の過ちを認め、真摯《しんし》に神に仕えよというのが教義の第一なのですが、その過ちについての知識も収集して研究しています。つまり、リュムディナの前文明についてもです』

「だが、俺達《おれ》が聞きたいのは、現在の竜達の危機についてだ。具体的に言うなら、密猟者がどこにいるか調査をしているんだが」

そのルイスの質問に、カーヤはにっこりと笑顔を見せた。

『我が国では、竜は身近な生き物ではありません。むしろ、過去のイヴァルトと同じく、竜は崇《あが》めつつ、ある意味遠巻きにしているのです。当然ながらはじめから戦うなど思いもせず、まず武器を向けるような者はおりません。そのような国で、竜の遺物を我がものにと考えるような者が存在すること自体、不思議なことです。だからこそそれを狩る者も買う者も、この国では限られると考えられます』

それはなんとなくだがルイスもわかる。この国は、竜に関わる事柄が宗教上の行為である分、ある意味イヴァルトよりもその点は徹底しているだろう。

だが、それでなぜ祭司長という、宗教の頂点が出てくるのかという話だ。

『竜を害するなり、その遺物を我がものにしようとすることなり、それらはすべて、ゼーテ教では禁忌のおこない。故に、ゼーテ教は、この国では最も禁忌を行った者について調査が及んでいる機関です』

ルイスはそれを聞いて納得した。宗教の勢力が強い場所においては、宗教機関は治安維持組織を持つことがある。

それはこの国でも同じで、竜に対する犯罪もゼーテ教の範疇《はんちゅう》だというならば、確かに情報はここに集まるだろう。

『他《ほか》にも、竜に敵意を持つ者についてと、ゼーテ教と敵対している者についても、情報はあるはずです。現在探しているのが密猟者が入手した卵ならば、密猟者自身もですが、それを依頼した者も調べられるかもしれません』

カーヤは、馬車の窓から外を見ながら、ルイスに告げる。

『あの塔です。……あの、よろしければ、塔に到着したら琥珀の小剣を呼び出してくださいますか？』

「ん？　……祭司長様は、竜を見て驚かないかな？」

ルイスが知る宗教組織の頂点にある人々は、大体信徒となってから長期間にわたる修行を治めた人である。長期間、というだけなら簡単だが、実際は幼くして信徒となっても、気がつけば老境を遥《はる》かに超えていた等ということはとても多くなる。

高齢者がはじめて竜に会う場合、驚きすぎて倒れることもあるため、竜騎士隊ではあまりにも高齢な場合、離れた場所で竜を降ろすようにと注意もされている。

『竜を見て、怯《おび》えるような繊細な方ではございませんので』

大変にこやかなカーヤの返答だったが、その答えもどうなんだろうか。

ルイスが答えに窮している間に、気がつけば馬車はその竜を見て怯えるような繊細さがない祭司長のいるゼーテの塔へと足を踏み入れていたのだった。


ルイスが、入り口で待ち構えていた祭司長をはじめて見た感想は、想像よりも若い、ということだった。

確かに老人らしくなく小柄で、頭髪も胸に届く長い髭《ひげ》も真っ白なのだが、眼光の鋭さとそのまっすぐな姿勢に、まるで武人と相対しているような感覚があった。

傍には若い傍付きの人が二人と、中年のおそらくはそれなりの地位にあるらしい祭司が付き従っている。

眼光鋭い老人は、カーヤが姿を現した瞬間、その雰囲気は一変し、相好を崩した。

『これは姫様。ご機嫌麗しゅうございます。お噂《うわさ》はこの爺《じい》の元にも届いておりますよ。このたびは、婚儀のご相談ですかな？』

先ほどまでの鋭い気配が嘘《うそ》のように、良い笑顔でカーヤを出迎えた祭司長は、その笑顔のままルイスに視線を向けた。

『こちらが、カーヤ姫様の婿《むこ》殿でしょうか？』

『ええ。イヴァルトの琥珀の竜騎士、ルイスです』

紹介され、軽く頭を下げたルイスに、祭司長はふむふむとつぶやきながらルイスを見て、うんうんと頷いた。

『竜に選ばれた方よ、はじめてお目にかかる。私は聖人ゼーテより数えて四十八代目の祭司長を務める、アヒムと申す』

その言葉を、すぐ傍にいた中年の祭司が通訳するためか一歩進み出る。

その祭司は、どうやらルイスのために教団側が用意してくれていた通訳だったらしい。それなら大丈夫かと、ルイスはそのまま通訳が言葉を発する前に自己紹介を始めた。

「あいにく、この国の言語は未《いま》だ習得しておりませんので、母国語で失礼します。イヴァルト王国竜騎士隊、琥珀の竜騎士ルイスと申します。竜騎士隊では、入隊時姓を封じる決まりがあり、名のみでお許し願います」

そうルイスが名乗ると、少しだけ不思議そうな表情で通訳が祭司長に伝え、祭司長はカーヤに視線を向けた。

『言語を習得していないなら、なぜこちらの言葉は理解されておられるのかな？』

『こちらの言語について、騎士ルイスは聞き取りに関しては可能としております。なんと、騎士ルイスの騎竜である、琥珀の小剣という竜が、私達の言語の聞き取りができるのです。騎士ルイスは、それを利用して、こちらの言葉を理解されていますの』

笑顔のカーヤがそう告げると、祭司長はそれは嬉《うれ》しそうに満面の笑みを浮かべた。

『ほう、ほう、ほう、竜が！　それは素晴らしいですな！　……して、その竜はどこにおられるのかの？』

——あ、これは呼ばなきゃ話にならないやつだ。

ルイスはそのことを、そわそわしている祭司長を見た瞬間に理解したのだった。


褒め殺しの見本を、ルイスはこのゼーテの塔で見た。

ここまで騎竜を褒め倒した人は、おそらく竜好きが集まる辺境でも王宮の竜舎でもいないだろう。それくらい琥珀の小剣を褒めて褒めて褒め尽くした祭司長は、機嫌良く大人《おとな》しくルイスの背後に控えた琥珀の小剣を見ながら、大変満足そうな表情で広場に用意された絨毯《じゅうたん》の上に腰を下ろした。

ギュルルッ、ギュルルル
褒められて嬉しかったのか、琥珀の小剣が庭で大人しくしている間に話をすることになったのである。

『いやはや、年甲斐《としがい》もなくはしゃぎすぎましたな。竜と人とがこのような親しい関係となれるのならば、いつか我が国にも、ゼーテの再来が現れることがあるのやもしれませぬな』

自分達の宗教で最も偉大な聖人の名を出しながら竜騎士を歓迎した祭司長は、満足そうに水に口をつけながら、さて、といきなり話題を変えた。

『詳細については伺っておりませぬが、竜騎士隊の方々は今、この地の竜達の力になっておいでとか』

そう問いかけられたルイスは、現在この地の竜達が、密猟者の脅威に晒《さら》されていること、そして今年卵を盗まれたことなどを説明した。

『卵を……なんと痛ましいことか』

「長年、こちらの竜達は、この季節に繁殖を始めますが、例年密猟者が現れ、竜の宝を盗んでいくんだそうです。今年はまだ親が抱いていた卵を盗まれ、竜達の落胆は非常に深い。今のままで、竜達と人との間に信頼関係など、築けるはずもありません。そのため、まずは竜達に卵を戻してやるために、ご協力いただけませんか」

話を聞き、祭司長はしばし思案していた。

『例年、と言うことは毎年何らかの被害はあったということかね』

「はい。ただ、その点に関しては、我々は今年の被害しか確認できておりません」

祭司長は、すぐ傍にいた付き人に何やら言付けると、ルイスにうん、と頷いた。

『王弟殿下からも、言付けを受けとっておる。我らは、竜達が実際どんな被害に遭っているのか知りようがない。今回の竜騎士の訪れに、その点が判明することを期待していたところはある。……まさかそれが、卵とは思わなかったが、協力することに関しては否やはない』

すると、先ほど祭司長が指示をした付き人が、本を一冊祭司長に手渡した。

『役に立てるかどうかはわからぬが、ひとまずこちらが王弟殿下より求められていた、この国で竜への敵対行動が見られた者の一覧だ。姫』

カーヤが呼ばれ、祭司長は手に持った本の中をぱらぱらとめくり、中を確認するように視線を走らせた。

『こちらは本来、塔より持ち出すことは禁じられておるゆえ、姫に預ける。こちらですべて、見て行かれよ。姫ならば、殿下の求める者の名も存じておられよう』

『はい。お心遣い感謝いたします』

カーヤは祭司長の手から直接本を受け取ると少し下がり、その場で本を開いた。そしてカーヤは一刻も惜しいとばかりに真剣な表情でその本に目を通しはじめた。

『竜騎士殿、今、お仲間は現地の竜の元にいらっしゃるか?』

「……はい。私達竜騎士の中で最高位にあたる白の竜騎士と、その妻であり、青の王竜が親として慕う女性が赴いています」

うん、と頷き、一枚の白紙の紙を持ち出し、ルイスの前に差し出した。

『すまぬが竜騎士殿よ。一度、殿下の前で披露された技を、こちらでも披露してくださらんか』

そうしているうちに、ルイスの前にペンとインクも用意される。

『ここに、今そのお二人がいる場所の地図を頼む。主な山と谷、特に山の形がわかればよい』

ルイスはその紙を前にして、目を閉じた。心の中で、琥珀の小剣越しに白の女王を呼び出す。

そして、白の女王から琥珀の小剣に、現在地の詳細な情報が送られた。

目を開き、紙を前にして、現在白の女王がいる場所を中心にして、ルイスは紙に線を引きはじめる。

正面で、ゼーテ教の祭司長が見つめる中、ルイスは大きな白紙に、白の女王が見た地形を略して描いていく。

ほんの僅《わず》かな時間で地図は描き上がり、それを祭司長へと返却する。

『……ふむ。そちらの望みは、この地図上に、ある程度の大きさがある遺跡の有無、ということであっておるかな』

「はい。あちらで状況を見た白の竜騎士の判定です。立地から、竜の目をごまかし、卵を運ぶのは難しい。現在のねぐらに近く、竜の力の及ばぬ密閉されている場所で、竜の卵は保管されている可能性があるとのことです」

『我らは竜の卵がどのようなものかは知らぬ。だが、その竜の巨体を見れば、それなりの大きさではあるのだろうな』

そうしてルイスが描いた地図に、今度は祭司長が自ら赤いインクで印を書き入れた。

主なものは三ヶ所。一番大きい印が、白の女王の現在地より山ひとつ先の地下にある。

「こちらの遺跡は……」

『リュムディナ前文明の礼拝堂だと言われておる』

「礼拝堂、ですか。不勉強で申し訳ないのですが、前文明で崇められていたのは……」

『唯一神と言われておる神であるな。竜を使者として遣わすとされていたのは、ご存じかな』

「はい」

『まあ、竜を殺《あや》めたのもその宗教の信者であるから、本当に礼拝に使用していたかはわからんのだが、私は可能性としては、この施設が最も怪しいと思っておる』

あまりにもあっさりと告げられたその事実に、ルイスは目を見開いた。

『この施設周辺は、毎年竜達が春頃《はるごろ》になると集まり、ねぐらを作る。今、そちらの話を聞いて、それが繁殖のためであったとわかったわけだが、この施設も、それを狙《ねら》って作られたのではないかと思われるのだ』

「……ここは昔、人の街があったと、竜からの証言がありました。その時代に、人のいる場所に竜がねぐらを作りますか?」

『うむ、その記憶は正しい。だが、この位置は、街とは言っても端だったゆえ、竜の領地と接しておってな。その境界の地下にこの礼拝堂は造られたのだ。ここには、竜の卵の孵化《ふか》施設があったと言われておる。場所が繁殖地のすぐ傍だったというなら、過去にも卵を奪われていた竜達がいたのかもしれんな』

そうして祭司長は、その遺跡について書かれている本をルイスに差し出した。

『文字が読めぬなら、カーヤ姫に読んでもらうとよい。カーヤ姫は、我が国で使用されている文字については古代文字についてもすべて読解が可能であるから』

「ご協力ありがとうございます」

こちらは持ち出しも許すと祭司長から告げられ、ルイスは礼をのべて頭を下げた。

『おお、それとな。こちらを用意したゆえ、そちらの代表者が持っておくといい』

綺麗《きれい》に折りたたまれ、このゼーテ教の聖印で封蝋《ふうろう》された封筒を受け取り、ルイスは祭司長を見上げる。

『竜の聖域での、戦闘行為についての免状である。竜の領域は現在、我らゼーテ教の聖域であるゆえ、戦闘行為は禁じられておる。だが、その免状がある場合は許される。そなたらならば、竜を傷つける行為はするまい？』

「もちろんです。……お心遣いに感謝します」

即答したルイスは、その封書を押し頂き、大切に懐へと入れた。

『どうか竜達を頼む』

ルイスはその答えとして、祭司長に向けて再び深々と頭を下げたのである。

必要な情報を手にした二人は、祭司長の前を辞すると、再び馬車に乗り離宮へと戻った。

『すぐにあちらに向かわれますか?』

「いや。まずは道具を揃《そろ》える」

卵を探し出せたとして、運び出すなどの作業が必要になる。保護用の毛布や縄、背負い籠《かご》など、大きさを説明しながらカーヤの出迎えに現れた侍女達に用意を頼む。

『竜の卵は、竜の体の大きさを思うと当然かもしれませんが、やはり大きいのですね』

ルイスの説明を隣で聞いていたカーヤは、その表情に笑みを浮かべながらそう言った。

カーヤに視線を向けたルイスは、何度か口ごもりながら、小さくその名前を呼ぶ。

『……カーヤ、聞きたいことがある』

『言葉がお上手になりましたね。もう通訳もなくて大丈夫なのではありませんか?』

軽やかな笑い声と共にカーヤがそう告げると、ルイスはどこか決まりが悪そうに頭を掻《か》きながら視線をそらした。

『難しい言葉はだめだ。通訳はまだ必要』

『そうですか。でも、小剣にお願いすれば、言葉自体は教えてもらえるのでしょう? 琥珀の小剣とあなた、二人ともとても優秀で、私は教え甲斐がありますす』

琥珀の小剣とルイスに、リュムディィナの言葉を教えたのはカーヤである。竜である琥珀の小剣に言葉を教えるために講師を探そうとしたが、まず琥珀の小剣を前にして怯えずに言葉を教えられる存在というのがいなかったのである。

それならばと、講師役をカーヤが引き受けてくれたのである。

そうでなければ、琥珀の小剣もここまで早く言葉を覚えることはなかっただろう。竜騎士の花嫁自身が教えたために、竜は極限まで集中して言葉を覚えたとも言える。

『それで、聞きたいこととはなんでしょうか』

『……この国で、できることがない自分が婿で本当にいいのか？　本当に何も持っていない自分を婿にして、構わないのか？』

ルイスは、自身がカーヤに対して通じる言葉を覚えたときに、まず聞くべきことを決めていた。ルイスとカーヤの結婚は、カーヤの希望で実現したこともわかっている。だが、それを決めたカーヤ自身の意思を確認しないのはどこか違う気がしていたのだ。

ルイスがカーヤと共にこの国に来て、まだひと月しか経《た》っていない。それでも、カーヤが王族の姫として、多岐にわたる仕事をこなしていることは知っている。

ひと月の間、カーヤはルイスにこの国を見せるためか、常に自身の仕事に立ち会いを求めてきていた。カーヤの主な仕事は、現在は国の教育機関についてのことが多い。新しい学舎の建設、そこに招く学者の選定、それに付属する研究機関の組織作りなど、父である王弟から引き継いだ仕事をこなしている。

遥かに年上の見識者や学者、国の政治家達で埋められた会議室の中で成人したばかりの少女が交じる様子は、ただただ驚きの光景だった。カーヤが臆《おく》することなく彼らの中心としてその会議をまとめている様子は、彼女の王族としての覚悟まで透けて見えるものだった。

本来なら、彼女はこの国の中で、婿を迎える予定だった。

この国においても、女性というのは基本的に夫の付属となるものだ。カーヤは夫を迎え、その夫がこの国の侯爵位を受け、家を興す予定だったのだと聞いている。しかし、さすがに他国の、しかも竜を連れているとはいえ一介の騎士にそこまでの地位は与えられない。そのため、この国でも異例ではあるがカーヤが爵位を受け、家を興してそこにルイスが婿入りする形になったのである。

もちろん、カーヤが望めば、身分が多少低くても婿として迎え入れられたことは間違いない。ルイスが最初に貴族に紹介されたときは、おそらくはその婿入りを狙っていた各家々の当主達から、すごい勢いで睨《にら》まれたりもしていた。

ルイス自身は政治には一切関わることはないと宣言しているため、カーヤの仕事を手伝うようなこともできない。せいぜいが護衛くらいしかできることはない。

だから、この国で一緒に過ごすうち、あまりにもカーヤへの負担が大きいことが、どうしても気になったのだ。

しかしカーヤは、そのルイスの不安を聞いて、にっこりと笑った。

『何もないなんて、そんなことはありません。あなたにとって、命のすべてを預けた大切な竜がいるではありませんか。むしろ、何もないのは私です』

笑顔のままそう告げるカーヤに、ルイスは一瞬怪訝《けげん》な表情を見せる。

周囲から見れば、財産も、家族も、教養も、何もかもを持つ姫が、何もないというその言葉の意味が理解できなかったのだ。

『私は王族として生まれ、育ちました。私のこの体は、髪の毛一本まで、すべてこの国のためにある。だからこそ王族は国民の納めた税で生きることを許されるのです。王族とはそういうもの。だからこそ私は、この体すら自由にすることは許されません。私が私のものだと自信を持って言えるのは、この心のみ。何者にも侵されることなく、誰《だれ》に断ることなく、心だけは、私自身のものなのです』

カーヤの嫋《たお》やかな手が、彼女の胸元を指し示す。

カーヤの衣装は、そのどれもが国でも最高級の品である。宝飾品しかり、彼女が王族としての品格を示すために身に着けるそれらすべては、国の財産である。

それらは国の権威を他国に見せるために身に着けねばならない品であり、彼女にはそれを身に着けないという選択肢はとれない。

カーヤは、それを当たり前として今まで生きてきた。王族として相応《ふさわ》しい姿を見せることが、姫として生まれたカーヤにとって最も重要なことであったためだ。

しかし。

『私は、琥珀の小剣に船から連れ出されたあの日、はじめて王族の姫としてではなく、カーヤとして道を選びました。そして、助け出してくれたあなたの腕の中で、この世界に、私が王族としてではなく、カーヤとして生きる場所もあるのだと、ようやく知ることができたのです』

はじめて知ったその場所は、甘美な誘惑を伴う、一度知ってしまったら手放せない、そんな世界だった。

カーヤはあのとき、恋をした。王族であれば、叶《かな》うことのない恋をした。

叶うことのない恋は生涯最後まで秘めているはずだったのに、彼女はイヴァルトの王宮で、自らが選んだ道の真実を知った。

『竜に選ばれた花嫁。王族の姫ではなく、カーヤとして戴《いただ》いたこの冠を、ずっと戴き続ける。その努力を必要とされるのは、あなたではなく私です。むしろあなたのその問いかけは、私がしなければならないものです。……私の王族としての血は、自由を尊ぶ竜に選ばれたあなたにはただただ重いものでしょう。私は生涯、この血からは逃れられません。その重荷をあなたにまで負わせてしまう私ですが……それでも、私を妻に選んでくださいますか？』

真正面から堂々と、胸を張ってそう問いかけたカーヤに、ルイスはただ苦笑を向けることしかできなかった。

「……かっこいいなぁ、このお姫様は」

自分がうじうじ悩んでいる間に、とっくの昔に覚悟を決めたお姫様は、道がないなら自ら作ると邁進《まいしん》していたのだ。

諦《あきら》めたのは、ルイスの方だ。ルイスは出会った瞬間、いろいろ考えすぎて、まず彼女を手放す選択をしたのだから。

竜が選んだ自らの花嫁を、諦めきれるはずがないのに諦めた。

自分が引いた分、むしろそれ以上の勢いで追いかけてきてくれた彼女を、これ以上諦めきれるはずもない。

『カーヤ、あらためて言う。……竜の選んだ私の妻として、生涯共にあろう』

拙《つたな》いリュムディナの言葉で。彼女に教えられたその言葉で、ルイスは心を込めて求婚の言葉を告げる。

ルイス曰《いわ》く、かっこいいお姫様であるカーヤは、微笑んでただ一言、『はい』と答えた。

ようやくメリッサの存在に慣れてきたらしい竜達の願いによって、メリッサは今日《きょう》も竜達のねぐらでの宿泊となっていた。

ただ、初日とは違い、今日はちゃんと空を覆い隠す屋根がある。

なんと、今日の宿泊場所は、子竜のねぐらであった。もちろん、すぐ傍には産み親の寝床もある。

これは、一度歌を聞かせた子竜が、メリッサに懐いて離れなくなったゆえのことである。

今は寝床の上で丸くなっている子竜だが、つい先ほどまで、ずっとメリッサの膝《ひざ》近くでころころと転がりながら、歌をねだり続けていたのである。ずいぶん懐いてくれたが、まさか自身の寝床に案内もしてくれるとは思わなかった。

この子竜の親は琥珀だ。当然、子竜の寝床はしっかりと琥珀の鱗《うろこ》で飾りつけられている。産み親と共に子竜を寝かしつけ、メリッサはほっとため息をついたのだが、子竜はよほど歌が気に入ったらしい。メリッサのスカートの裾《すそ》をぎゅっと押さえて離しそうにない。

それでもなんとか子竜の前脚は離したのだが、最終的に親竜にも請われて今夜はここで休むことになったのである。

竜とのつきあいの中で野宿は当たり前のことなので、突然野外で休めと言われたところで揺らぐメリッサではない。服も厚手の空の上でも対応できるシャツとスカートで、夜は冷える森の中でもどうということはない。

ヒューバードは今夜も野営として水場の近くで火を焚《た》き、白の女王と交代で夜番している。

青の竜と一緒に静かな夜を過ごす中、メリッサはふと、なにかが聞こえたような気がして身を起こした。

自分でも、何が聞こえたのかよくわからないほど微《かす》かに、何かが耳に響く。メリッサはこの音に、自分の記憶が揺さぶられるのを感じていた。

竜達を起こさないよう、静かに音の元を探して寝屋を動き回り、寝そべって耳を地面につけてようやく気づいた。

……キュアァー……

メリッサはその微かな音を聞いた瞬間、はっきりと意識が覚醒《かくせい》した気がした。がばりと身を起こし、周囲に視線を向ける。

子竜はぐっすり眠っており、朝まで起きることはなさそうだ。寝息は聞こえるが、明確な鳴き声は聞こえなかった。

今、メリッサが聞いたのは、メリッサの耳がおかしなことになっていなければ、子竜の声だった。子竜が、親を求めて鳴いている、そのときの声だ。

そう思った瞬間、メリッサはヒューバードに渡された虫除《むしよ》け入りのランタンの明るさを強くして、それを持って外に飛び出した。

「ヒューバード様！」

突然寝屋から飛び出したメリッサに、ヒューバードは驚き立ち上がった。

「メリッサ、どうしたんだこんな夜中に」

「おかしいんです。子竜の鳴き声がするんです！」

それを聞き、ヒューバードは眉根《まゆね》を寄せた。

「今、ここには一頭しか子竜はいない。……一緒に寝ていたのではないのか？」

「あの子じゃありません。緑の子竜は寝ていました。別の子が、親を呼んでいるんです」

「別の……まさか、盗まれた卵が孵《かえ》ったのか？」

ヒューバードが思い至ったその結論に、メリッサは頷いて答えた。

「その可能性はあると思います。攫《さら》われたときにはもう歌を聴いていたなら……。それに、あの位置で相手の声が聞こえるということは、こちらの子竜のための歌が届いていたのかもしれません。あの子竜の寝屋は、元々卵を産むための産屋でもありましたから、卵が攫われたあとも、もう一頭のために歌い続けていたはずですから」

しかしヒューバードは、周囲を見渡してしばらく考え込んでいた。

「この山の中だ。竜達がねぐらとして利用できるくらいの数の洞穴があるなら、地中には空洞も多いだろう。空洞音か、他の洞穴から、別の竜の声が反射したとも考えられないか」

メリッサも、それは考えた。しかし……。

「偶然あの音になるとは思えないんです。だって、あの声は……子竜が親を呼んでいるときの声なんです。小さい頃、青が私を必死で呼んでいたときの、あの鳴き方なんです」

小さな体で、力を振り絞るように声を上げ、メリッサを呼んでいた青の竜の姿を思い出す。

「早く……早く行ってあげないと」

生まれたての子竜は飛べない。足元もおぼつかず、自らで移動できないため、迷子になれば自力では帰って来ることが不可能だ。

必死で親を呼んでいるのは、自分の位置を知らせ、親に迎えに来てもらうためだが、その音は同時に、子竜の誕生を知られてはいけない相手にも存在を知らしめることになる。

必死なメリッサの様子を見て、ヒューバードはメリッサが手に持っていたランタンを自分が持ち、子竜達のねぐらへと入り込んだ。

入ってすぐの位置で眠っていた青の竜に声を掛け、ヒューバードが寝屋に入る許可を無理やりもぎ取る。

「どこから聞こえる？」

「私は寝ていて気がつきました」

ヒューバードはすぐさまそこに横になり、地面に耳をつけた。

「……確かに、鳴き声……間違いないな」

身を起こしたヒューバードは、周囲を見渡し何度も耳を澄ませ、部屋の中で最も声が大きく聞こえる位置を探った。

メリッサも、床をヒューバードに任せ、自身は壁に耳をつけ、音の先を探る。

ヒューバードの跡を追いかけ、ねぐらの中へと入ってきた白の女王は、ようやくヒューバードが耳にした鳴き声を理解した瞬間やはり壁へと近寄り、とある一点に力強く前脚を叩《たた》きつけた。

キャッ！

白の女王が立てた音に、壁の反対側で寝ていた子竜が驚き、飛び上がるように目を覚ました。

「あ、ご、ごめんね、うるさかったね」

びっくりした子竜を慰めようとしたメリッサの耳に、ヒューバードがひとりつぶやいた言葉が聞こえたのはそのときだった。

「あった」

え、と振り返り、白の女王の正面を見ると、まるで切り裂かれたような穴があり、その奥に空洞ができていた。

「……え?」

ヒューバードは躊躇《ためら》うことなくその穴の中を覗《のぞ》き込み、自らの剣を鞘《さや》ごと穴に入れて、その穴を拡張していく。

そして、その穴を塞《ふさ》いでいた岩のようなものを向こう側に蹴《け》り出すと、ちょうど竜の卵の大きさが通るか通らないかの穴が開いていた。

「……ええ!?」

竜の卵が通る大きさは、四つん這《ば》いでなら成人男性でも通れる。子竜なら、翼に気をつければ通れるくらいだ。こんな穴が空いているとわかっていれば、この場所を子竜の寝屋としては使っていないだろう。

白の女王が豪快に叩き壊したが、ここにあったのはレリーフで、はじめから細工をしていたと思われた。帰るときは、穴の向こうから石と土で埋めてしまえば、空気も抜けることはないため、僅かな風の揺らぎで気づかれるようなこともない。

驚いているメリッサの目の前で、ヒューバードは上着の中から手拭《てぬぐ》いを取り出すと、それを縦に裂いて手に巻きはじめた。

「メリッサ。私は奥に行ってみる」

そう告げて穴に入ろうとしたヒューバードを、メリッサは両手で袖《そで》を掴《つか》んで止めた。

「ひとりではだめです。相手が何人かもわからないし、場所がどんなところかもわかりません。竜騎士の決まりでは、単独突入はだめでしょう？」

必死で止めてはいるが、ヒューバードが急ぎたい気持ちもわかる。なんとかならないかと必死で頭を捻る。

「あの、他の竜騎士……ランディさんとかデリックさんとか、ルイスさんは呼べないんですか？　街からなら、今寝ていてもすぐにここまで来られるんじゃないですか？」

ヒューバードは、メリッサのその問いかけに、一瞬白の女王に視線を向けると、すぐに首を振った。

「卵の孵化施設とやらを調査中らしい。すでにかなり奥にいて、出て来るのに時間がかかるそうだ」

「ええ!?」

確かにそれは重要な施設だ。なぜ卵を盗んでいったのか、その理由がわかるかもしれない。

しかし、今必死で鳴いている子竜がいることも事実である。

「盗まれた卵がすでに孵化しているとすれば、その子竜は周囲に仲間の竜もおらず、密猟者が傍にいる可能性もある。急いで傍に行ってやらないと、子竜は身を守ることもできないんだ」

だから行く、と言うヒューバードに、メリッサは真剣な表情でヒューバードの上着の袖をぎゅっと握りしめたまま、宣言した。

「それなら私も一緒に行きます」

その瞬間完全にヒューバードの動きが止まった。むしろ息まで止まっているのではないかと思うほど、動かなくなった。

白の女王も目を見張っているので、驚いたのはわかるが、ここまで動かないとさすがに心配になった。

「いや……いや、危険なんだぞメリッサ！　密猟者の隠れ家のど真ん中にいきなり入るようなものだぞ!?」

「それでも、そこには子竜がいます！　子竜を落ち着かせるだけなら、私の方が適任です。この国の竜達は、竜騎士を知りません。でも、青の鱗は生まれてすぐの子竜にも効果があると思うんです」

メリッサは、ヒューバードの袖を握りしめる左手につけている青の鱗を右手で押さえながら、必死に言い募る。

「もちろん、ヒューバード様の指示には従います。でも、子竜は生まれたばかりで密猟者に囲まれ、不安を抱えているはずです。ここの、人に怯える子竜にも、子守歌は聴いてもらえましたし、歌なら落ち着かせるために役に立つかもしれません。子竜のために、使える手はすべて用意していった方がいいはずです」

メリッサの言葉に、最初に反応したのは白の女王だった。優しい表情で、ヒューバードに何ごとか語りかけている。

「……いや、だが……白……っ」

ヒューバードは、しばらく考えた末、メリッサに向き直った。

「ここは東大陸で、白の女王の力も及ばない。青の守護を得られる鱗を持つメリッサの方が、子竜を守るのに適している、だそうだ」

白の騎士であるヒューバードは、あくまで白の女王の一部で、その気配も白でしかない。白は各大陸にしか力が及ばないため、世界で唯一無二の、青の竜の守りの方が子竜達にはわかりやすいだろうというのが白の女王の意見だった。

その場には、すでに青の竜も目覚めていたが、起きたばかりで状況を理解していなかったらしい。白の女王に説明され、自分がついて行けないことを気にしつつも、メリッサが身につけた飾りに守護の力を与え、メリッサを応援してくれた。

それを終えて、メリッサは持ってきていた野菜からにんじんとりんごを慌てて袋に詰めるとそれを布で包み、腰に結わえつけた。

「私の指示には必ず従う。危なくなった場合、指示をした方角に絶対に逃げる。そして……無理はしないと誓ってくれるか」

「はい！」

しっかりと頷いたメリッサは、ヒューバードが先に入った狭い入り口をくぐったのだった。

入るときはぎりぎりの狭さだったが、中に入ってみると道はしっかりと広げられたのか大人二人が並んで移動できる広さの道に繋《つな》がっていた。

道は土を掘って作られており、あきらかに人の手が加えられたものだった。しかし、昨日今日《きのう》作られた道ではないらしく、掘ったばかりの土の匂いのようなものは感じない。しっかりと埋め込まれたすべり止めと思われる石を踏みしめながら、方向感覚も消え去りそうな道を歩き続ける。

「……下り坂ですね」

「ああ。足元に気をつけて。手を繋いでいくか？」

「はい。……すみません、ありがとうございます」

メリッサが結局手を煩わせていることに謝罪の言葉を口にすると、ヒューバードはいつもよりさらに穏やかな声で大丈夫とメリッサに告げる。

「この程度で邪魔に思うくらいなら、白の女王の前脚に閉じ込めて身動きを取れなくしてから来ていただろう。メリッサの出番は、子竜に会ってからだ」

差し出されたヒューバードの手を素直に握り、導かれるままに一本道をひたすら進むと、道の先に僅かながら光が漏れる場所が目に入る。

「ここで待っていてくれ。確認してくる」

出口らしいその場所に着く前に、ヒューバードが先にその光の漏れる場所を探る。しばらく気配を探り、そして外に出たあと、メリッサは名前を呼ばれてその出口から顔を出した。

石造りの壁に、青い石で模様が入れられている、見たことのない様式のその場所に、メリッサは思わずぽかんと口を開けて見入っていた。

高い天井は丸天井になっており、その頂点の部分には、なぜか穴が開いている。その高さは、おそらくこの場所に竜が入って羽ばたいても大丈夫なくらいだろうか。

そしてどうやってなのか、天井にいくつか明るい部分があり、その明かりがこの不思議な場所をほのかに照らしていたのである。

「メリッサ、足元に気をつけて」

ヒューバードに声を掛けられ正気に戻ったメリッサは、慌てて口を閉じて見入っていた天井から視線を外す。

柱が何本も立っている様子は、なんだかどこかで見たと思ったら、王宮や王弟の離宮で使われていた様式の柱と同じだった。

しかし、その柱は何本かが折れていて、人には忘れられた場所なのだろうとメリッサは推測した。

そうして観察してからヒューバードと共に移動して、広間のような場所を進もうとしたところで目に留まったものに思わず息を呑《の》んだ。

広い部屋の床中央部分がすり鉢状に深く抉《えぐ》れていた。そのすり鉢の底部分に、小さな竜がいたのである。

緑色の鱗は、このほの暗い場所でもわかるほど明るい、若葉のような緑色をしている。緑の子竜は、ずっと鳴いて疲れたのか、今は小さく丸くなって眠っているようだった。

ざっと見て、どこも傷ついている様子はない。ひとまず元気そうな子竜の様子に、メリッサは胸を撫《な》で下ろした。

「……っ」

ヒューバードも気づいたらしく、すぐに周囲に視線を向けた。

「どうやってあそこに卵を置いたんでしょうか」

降りる場所もなく、すり鉢状になっているために一度降りたらおそらく上がってこられない。深さはかなりのもので、おそらく竜騎士であるヒューバードでも、なんの手がかりもなくここを登ってくるのは難しいだろう。

そうこうしているうちに気づいたのか、子竜が小さな体で精いっぱいの威嚇をヒューバードにしはじめた。

ヴー……ギュアァァ

突然現れた人間に警戒しているのだろう。たとえ生まれたばかりでも、竜はそれぞれの地域の歌を聴かされて育っている。人への警戒はしっかりすり込まれているようだ。

「この場所からでは、目を正面から合わせられません。怖がっている子竜相手だと、落ち着かせるのは難しいですね」

メリッサがそうつぶやくと、ヒューバードは頷き、あらためて子竜の方へと視線を向けた。

「……卵の殻をかじっているな。お腹《なか》をすかせているらしい。メリッサ、頼む」

「はい」

すぐさま腰にくくりつけていた布を外し、中からりんごとにんじんを取りだした。そうして普段しているように子竜に食べやすい大きさに切り分け、まずはりんごのひとかけらをすり鉢の中へと落とす。

ずっとこちらを警戒し、威嚇していた子竜は、突然落ちてきたりんごに驚きびくんと体を震わせて一歩下がると、しきりに匂いを嗅《か》ぎ始めた。切ったばかりの強いりんごの匂いに、鼻先をつけていた子竜は、鼻先をぺろりと舐《な》めることで味を理解したようで、ようやくりんごにかじりつく。

メリッサはタイミングを見ながら、りんごの次はにんじんを落とし味を覚えさせると、つぎつぎに切っておいたりんごとにんじんを穴の底へ転がした。

夢中になって食べる様子に、この子竜が一体いつ生まれたのかと考える。卵の殻は、まだほとんど残っているので、もしかしたら今夜孵ったばかりなのかもしれない。

ひとしきり食べてお腹を膨らませた子竜は、どこか期待に満ちた眼差《まなざ》しをヒューバードとメリッサに向けてきている。それを見て、ヒューバードはすぐさま周囲に視線を巡らせた。

「メリッサ、もしかしたらここは、ルイスが探索しているという卵を孵化させる施設なのかもしれない」

相変わらず、このすり鉢の底に降りるための道具は周囲には見当たらない。もし探すのなら、この部屋を出てみないことにはなんとも言えないだろう。

メリッサは、残っていた最後のりんごを切り分けてさらに子竜の元へ落とすと、首を傾げてヒューバードに答えた。

「本当に、孵化の施設なんでしょうか？　この底に置けば卵が孵るというのは本当かもしれませんが、あそこで孵してしまうと竜を出せません。遺跡に使われている石は爪《つめ》もかかりそうにないですし、磨かれていますから登ろうとしても足が滑りそうです。孵化というからには生まれた竜に用があるはずです。でも、あそこでは……」

メリッサが子竜に視線を向ければ、子竜は最後のりんごを腕に抱え、うとうとと眠りはじめていた。生まれたての子竜は、寝る時間もそれなりに多い。食べて少し遊べば、すぐさま眠りはじめるのは辺境の竜達でも同じだった。

おまけにこの子竜は、生まれてから何も与えられず、お腹をすかせたまま不安の中にいたため、食料を与えられて少しは安心したのだろうと思う。

「だが、密猟者がここを利用していたのは間違いない。それなら、あそこに卵を置くために、足場のようなものかロープくらいはどこかにあるかもしれない。部屋を出て探してみる」

ヒューバードは、唯一の出口を指さしながらメリッサに伝え、真剣な眼差しで告げた。

「メリッサ、ここで子竜を見ていてくれ。幸い出口は一ヶ所。あの場所を押さえておけば、誰も入っては来られない」

「ですけど、扉のようなものは見当たりませんが……」

その瞬間、ヒューバードはメリッサの口を手で塞ぎ、すぐさまメリッサを抱え上げると柱の陰に移動した。

直後、出入り口から、メリッサにもはっきりと分かる人の気配が感じられ、足音と共に二人組の男達が姿を現したのである。

「やっと体力が尽きたか」

「いくら親を呼んだところで、ここに竜は入ってこられない。じゃあ、さっさとやるか」

男達はそれぞれ短い槍《やり》を手に持ち、すり鉢の底へと投げ入れようとしているようだった。

驚き、身じろぎしそうになったメリッサを押さえ、ヒューバードが傍にあった拳《こぶし》半分ほどの石を手にとった。

「おい、まて！　侵入者だ！」

扉の外から、慌ただしい声が聞こえ、応援を呼ぶ声が聞こえてきた。

「まずい、どこのかわからんが騎士だ！」

「ばかっ、どっかに追い詰めて罠《わな》にかけちまえばいいだろうよ！」

「ばかはどっちだ！　なんだよあの騎士ども。どんな不意を打った槍も弓も効きゃしねぇ！　罠はかかった傍から全部そのまま踏み越えやがった！　あいつら化け物だ!!」

どうやら、ルイス達が間に合ったらしい。ここから少し離れた場所で、激しく争う音が部屋の隅にいるメリッサにも聞こえる。

しかしそれよりも、先ほどからメリッサは心の中で妙な違和感が湧《わ》き上がっていた。

今までリュムディナにいて一度もなかったことなのだが、メリッサにも、この盗賊が口にしている言葉がわかるのである。

若干のなまりは感じるが、イヴァルトのある西大陸で使われている言語で間違いない。まさかここで、理解できる言語を使う人々がいるとは思っていなかったメリッサは、その驚きで逆に体は固まった。

「ちっ！　おい、とりあえず傷つけて、血を流させろ。必要なのはそれだけだ。生きたままほっとけば、また取れるようになる！」

ひとりの男がそう言い置いて部屋を出て行った。

それを聞き、身を隠していたヒューバードとメリッサは、揃って男に鋭い視線を向けた。

残った男は、しばらく部屋の外の音を聞いていたようだが、急いで振り返り、手に持った槍を振りかぶった。

それに合わせるようにヒューバードが飛び出し、手に持っていた石を全力で投げつける。その石は過たず槍を持っている手に当たり、男の手から零《こぼ》れた槍がそのまますり鉢状の底まで落ちていく。カラカラと転がり、柄の部分が眠りはじめたばかりだった子竜に当たったため、子竜は驚き目を覚ました。

キュア⁉　キシャー！

子竜は、ようやくすり鉢の上に男がいるのに気づいたとばかりに驚いて威嚇をはじめ、それを聞いた男が驚いた瞬間、飛び出したヒューバードが男に勢い良く回し蹴りを食らわせた。

「ぐぁっ‼」

キャウ⁉

吹っ飛ばされた男が激しく石壁にぶち当たる音に、子竜が驚いて飛び上がる。それを見たヒューバードが苦笑しながら子竜に話しかけた。

「驚かせてすまなかったな。その棒の先は痛くなるから、舐めたり触ったりしてはだめだぞ」

……キュ？

子竜は不思議そうに首を傾げたが、ヒューバードはすぐに視線を、壁に体を打ち付け気絶している男に向けた。

「メリッサ、私はこのままルイス達に加勢してくる。子竜を頼む」

「はい！　ご武運を！」

力強い言葉で送り出すメリッサの姿に、少しだけ笑みを浮かべたヒューバードは軽く手を上げ、そのまま気絶した男の襟を持つと、男を引き摺《ず》りながら出口へと駆けだした。

扉のすぐ傍に、先ほど部屋に来ていた男がいたらしく、すぐ近くで男の悲鳴となにかがぶつかる音が響く。

すぐさまその音が止み、再び静寂が戻ると、ヒューバードの軍靴が勢いよく足音を立てはじめ、遠ざかっていった。

周囲が落ち着きを取り戻し、ふとすり鉢の下を見てみると、子竜が不思議そうに槍を見つめていた。

カラカラと音が鳴るのが面白かったのか、子竜が槍を何度も転がしたりかじったりして遊ぶ様子に、メリッサはほっと安堵《あんど》の表情を浮かべた。恐怖心などより、好奇心の方が勝る様子は、まさに竜の性質で、今回のことがそれほどこの子竜にとって傷になっていないと感じたのだ。

そうして、次はこの子竜をどうやってこの穴から出すのかを考えはじめる。

想像するのも嫌悪感があるが、あの男達が子竜の血を欲しがっていたのは理解した。しかし、あの子竜の命が潰《つい》えたときは、その体を引き上げるための何らかの道具があるはずだ。

「あの大きさの子なら、抱っこで持ち上げられるんだろうけど」

密猟者の男達なら、子竜が亡くなったあとに荷物として背中に担ぎ上り下りできたかもしれないが、自分達はあの子竜を元気なまま解放しなければならない。野生の竜が、大人しく抱き上げさせてくれるとも思えず、結局現実的なのは、底までの長さがある板などだろうかと思い至る。

周囲を見渡してもそのようなものはなく、本格的な子竜の救出は、竜騎士達がこの場所の征圧を終えてからになる。

キュア
穴の底から、子竜の呼ぶ声が聞こえ、そちらに視線を向けたメリッサは、子竜がすり鉢の底でメリッサの方に体を乗り出しているのを見て、にこりと微笑む。

「大丈夫。絶対に、あなたを産み親に会わせてあげる。それまでは、私と一緒にここでいい子に待っていましょうね」

竜達の習性から、この子竜がメリッサの言葉を理解したとは思えないが、メリッサはいつものように竜を落ち着かせるよう言葉をかけた。

竜が人の言葉を理解するためには、ちゃんと覚える必要がある。青の竜も白の女王でも、はじめはカーヤの言葉が理解できなかったのだ。

この地に住んでいる竜がメリッサ達の言葉を理解したのは、おそらく青の竜が何かをしたためだろう。青の竜は知識を集め、集めた知識を必要に応じて仲間達に与える竜なのだ。

しかし、言葉は通じなくても伝わるものはあるのか、子竜はメリッサの言葉を聞いて、素直にすり鉢の底で大人しくなった。首を上げてじっとメリッサを見つめる子竜のその目は、葡萄《ぶどう》色が宝石のように輝いていた。


再びヒューバードが姿を現し、竜騎士達の手によって子竜が救出された。

卵を運んで出せるよう、ルイス達は道具を揃えて持ってきていたため、結局そのうちの縄を使って子竜を吊《つ》り上げることにしたのである。

柱に縄をくくりつけ、自らの胴に縄を結んだヒューバードが底に飛び降りたとき、子竜は自分で両手を上げて大人しく抱き上げられた。自分が助けられたことがわかっているのか、大きな紫の目をじっとヒューバードに向けて、すり鉢の底から解放された今も大人しく抱かれている。

「大人しい子ですね」

「そうだな。野生竜がここまで大人しいのは……そうだな、青くらいだったか」

キュ……キキュ

小さく子竜が鳴く声に、メリッサは思わず笑みが零れる。

「頭のいい子ですね。大丈夫、もうすぐ寝屋に帰れるからね」

メリッサが鼻先に右の手の甲を向けると、しばらく匂いを嗅いでいた子竜が小さな舌を伸ばし、メリッサを舐める。

メリッサは、この子竜には人に対する恐怖心がそれほど残っていないことに気づき、ほっとした。

「じゃあ、俺達は入り口から密猟者達を連れて出る。子竜はそっちに任せても大丈夫か？」

そのデリックの問いかけに、ヒューバードとメリッサは顔を見合わせてから頷いた。

「それほど困難な道でもなかったから、子竜を抱えていても通れる」

「出口はそのまま子竜の寝屋に繋がっていますから、すぐに産み親に会わせることもできますし、このまま連れて行きたいです」

その言葉に、ルイス達も笑って頷く。

「早く会わせてやってくれ。一頭で頑張って、無事に孵ったんだからな」

ニィッと笑ってデリックが子竜の頭を撫でると、それを大人しく受け入れた子竜はまるで礼をのべるように小さく鳴いた。

キュー、キキュー
「元気に育てよ。いっぱい食べていっぱい寝て、いっぱい飛んで翼を大きくしたら、いつかイヴァルトにも遊びに来いよ」

　子竜が頭を大人しく撫でられ、竜騎士達が部屋から出て行くのを見送って、メリッサとヒューバードは再び来た道を戻りはじめた。

「こちらの出口も、なんだか壁を割って作ったみたいですね」

「調査は後日行うだろうが、おそらくは竜達がねぐらにしそうな空洞を見つけたら、ここに繋げる作業をしていたんだろうな。ルイス達が踏み込んだ部屋に、竜達の鱗や牙《きば》も残っていたから、これから捕縛したやつらを尋問にかけることになるだろう」

　その後、この遺跡も調査して、そのような穴は埋めていくことになるらしい。

「ルイスが言うには、この遺跡の使用方法は卵の孵化ではなく、孵化して生まれた竜を生贄《いけにえ》として捧げるための儀式場のようなものらしい。あのすり鉢に置いておくと、昔からたまに卵が孵ることがあったらしいな」

　メリッサはそれを聞いて、ふとあの儀式場の天井にあった穴を思い出した。

「もしかしたら、近くで卵を産んだ竜達が歌っている声が、あの中には聞こえるようになっているんじゃないでしょうか？」

　それこそ、メリッサに子竜が鳴いているのが聞こえたように、逆に他の場所で鳴いている竜達の声が、あのすり鉢の底に届いたのではないだろうか。

　そんな話をしているうちに、目の前には入って来た亀裂が見えはじめた。まずメリッサがその穴をくぐると、周囲をぐるりと心配そうな竜達が囲んでいる。

メリッサは彼らを見てにっこりと笑うと、青の竜に向かって挨拶をした。

「ただいま、青」

ギュア！

そうしてメリッサに続き、子竜を抱えたヒューバードが穴をくぐると、すぐさま子竜の産み親が前に進み出てきた。

ヒューバードの腕から下ろされた子竜を、爪が紫の琥珀が何度も何度も匂いを嗅ぎ、嬉しそうに腕の中に閉じ込めると、ようやく帰ってきた我が子を何度も舐める。

キュー？　キキュー！

腕の中の子竜が嬉しそうに鳴く様子を見たメリッサとヒューバードは、穏やかな表情のままねぐらの外に足を踏み出した。

気がつけば、外はすでに夜が明けていた。水場の近くで、他の竜達と共に待っていた緑の老竜に、メリッサは正面から向き合った。

「お約束通り、盗まれていた卵から孵った子竜は、親竜の元へお返ししました」

にっこり微笑みながらそう報告したメリッサの前に、緑の老竜は深々と地に着くほどに頭を下げた。

「卵を盗んだ密猟者達は、ひとまず竜騎士達が捕らえました。ただ、それが密猟者のすべてだったかはわかっていません。今後、あなたが許してくれるなら、ときおりあなたに密猟の被害について、彼ら竜騎士の仲間達が聞きに来ます。竜騎士達は、必ずあなた達の話を聞き、その改善に努めます。彼らが今後、あなた達の領域に踏み入ることを、許してもらえますか」

……グルゥ。グルル

その鳴き声に、はじめて相対したときのような拒絶は感じなかった。

そうやって会話をしている間に、子竜の寝屋があるねぐらから、爪と目が紫の琥珀の竜と小さな紫目の緑の子竜が姿を現した。

子竜は、本当に生まれて間もないのだろう。産み親にときおり支えられ、転ばないように見守られながら、踏み固められた水場への道を歩いてくる。

周囲の竜達の優しい眼差しに見守られながら、子竜ははじめて水場の水を飲み、そしてヒューバードとメリッサへと向き直った。

キュー、キュルルル、キューア？

ヒューバードは、子竜に何かを言われたらしい。そうして一瞬老竜に視線を向けると膝を折り、子竜の高さに視線を合わせた。

「いつか、君の前に、君が安心して心を預けられる騎士が現れることを、私も願っている」

キュー！

どうやらこの子竜は、自分を助けるために密猟者を倒したヒューバードの姿を見て、竜騎士の存在を理解したらしい。自分にも騎士がいるのかと、竜騎士本人に問いかけたのだ。

いつか、この国ではじめて誕生する騎士は、緑の竜騎士となるのかもしれない。竜が成体になるのはとても早いが、それまでにこの子竜が騎士を探すための仕組みができあがるように、これから頑張らなければならないのだと、メリッサは胸に刻んだのだった。


このリュムディナも、竜達にとっては過ごしやすい土地らしい。快晴の空を、青の竜を筆頭に騎竜達が楽しげに飛び回る様子を王宮から眺めていたメリッサは、名前を呼ばれたことで慌てて姿勢を正し、使者を待った。

今日は、王族の方々とのお茶会とのことで、正装の青色のドレスに着替えて、同じく貴族の正装に身を包んだヒューバードと控え室で待機していたのだが、なかなか呼ばれなかったために竜達を眺めていたのである。

呼ばれてから、侍女に伴われて訪れた部屋では、カーヤをはじめ数十人が、新たに入室したメリッサとヒューバードに視線を向けた。

部屋の中には正装したルイスもおり、こちらを見ることなく疲れきった表情で座っている。何があったのかよくわからないまま、案内されてまず国王に挨拶しようとしたメリッサは、その姿を見た瞬間驚きに固まった。

王の目は、真《ま》っ赤《か》だった。あきらかに、つい先ほどまで号泣していましたといわんばかりの、目も鼻も真っ赤な国王は、それでも今は涙など欠片《かけら》も見せることなく、はじめて見たときと同じような厳《いか》めしい表情で、鷹揚《おうよう》にヒューバードとメリッサの挨拶を受け入れた。

案内された席はカーヤとルイスの隣で、メリッサ達は客人として、最後にここに呼ばれていたことを理解した。

すぐ近くには、メリッサのためにか女性の通訳が控えており、それぞれに飲み物が行き渡ったことで、お茶会という名の、カーヤの婚約発表会が始まった。

ヒューバードとメリッサは、いわばルイスの親族枠での出席である。そして周囲の王族は、当然ながらカーヤの親族、つまりリュムディナ王族一同だ。

カーヤの両親、そして弟妹《きょうだい》を紹介されつつ、意識がつい国王に向いてしまっているメリッサに、カーヤが苦笑しながら茶会の開催が遅れた理由を語ってくれた。

『伯父様も、竜は大好きなのです。憧れとも言っていたのですが、今回の事件についてルイスが先に報告したら、こんなに近くに住んでいたのに、気づいてやれなくてかわいそうなことをしたと泣きはじめてしまって……。伯父様、ああ見えて、とても涙もろいのです』

どうやら、国王の涙が止まるのを待っていたのが原因らしい。それを聞いた瞬間、メリッサは予想外だった理由に驚きを隠せなかった。

「あ、良かったです。ルイスさんが何かしたとかではなかったんですね」

そのメリッサの言葉を聞いて、ルイスは疲れきった表情のままメリッサに突っ込んだ。

「まって。メリッサの中で、俺は一体どういう位置付けされているのかちょっと聞いとかなきゃいけない気がする」

「いえ、なんというか……ルイスさんが王様にお目にかかると、王様が機嫌を損ねると来たばかりのときに伺いましたし、そういうことかと」

そうメリッサが口にしたことを、どうやら逐一背後の通訳が伝えてしまったらしい。それを聞いたカーヤの家族が全員声を出して笑いはじめた。

その後は終始和やかにお茶会はすすみ、最終的に将来カーヤの弟妹も、辺境伯領へ来てみたいと宣言し、再び国王がショックで無言になったこと以外、なんの事件も起こることなく幕は閉じられた。

そして会の終了後、国王と王弟の立ち会いの元、今回の件についての報告と、今後のための話し合いの時間がもたれた。

「なるほど。竜達の望みは、安全が確保された繁殖のためのねぐら、と言うことでいいだろうか」

「はい。青の竜が頼まれましたが、青の竜は本来こちらではなく、イヴァルトに住まう竜です。飛んで来るにもすぐにとは行きませんので、安全の確保にリュムディナのお力があればと考えています」

ヒューバードの言葉に、リュムディナの国王は、今までの厳めしさが少しだけ控え目になった表情で、王弟に頷いて見せた。

「承知した。安全の確保については、貴国から来ている竜騎士達とも協議して、進めていくことにしよう。どちらにせよ、我が国だけでは為し得ぬことゆえ、一層そちらの竜騎士の組織には力添えを願いたい」

王弟の言葉に、ヒューバードも了承した。

「竜騎士の誕生については、まず竜達の安全の確保ができたところで、竜達の望みに添えればと思います。今年生まれた子竜には、まだ人間に対する忌避感が浅いようですので、もっと気軽に人の元へ顔を見せに来るようになるかもしれません」

それを聞いた瞬間、国王の表情が少しだけほころんだが、メリッサが見ていることに気がついたのか、すぐさま元の表情に戻った。

意外とこの国王は、思ったことが顔に出る性質だったようで、その横で変化に気づいたらしい王弟が困ったように苦笑いをしていた。

話し合いもそろそろ終わりかと思う頃、部屋と隣接していた何もない中庭に、つぎつぎと影が差し、そして竜達が舞い降りてきた。

青、白、緑、琥珀と揃った竜達は、窓からメリッサを見つけて嬉しそうに尻尾を振った。

「あ、だ、だめ、青、そこで尻尾ばんばんしちゃだめよ」

青の竜の足元には、綺麗な青い模様が描かれたタイルが敷き詰められている。タイルは焼き物で、竜の体重がかかることも危ういが、尻尾を打ち付ければまず割れる。

「あの、少し、失礼します！」

慌てて頭を下げたメリッサは、窓から飛び出し青の竜の元へと駆け出した。

青の竜の足元から尻尾にかけて、タイルが無残に砕け散った様子を見て、メリッサは思わずめまいを起こしそうになりながら、竜達の足踏みを宥《なだ》めて回った。

窓の奥で、それを無言で眺めていたリュムディナの王族達には、その光景はそれこそ奇跡か夢のようにも見えたらしい。

国王はそれを見ながら、呆然《ぼうぜん》としていた。

このリュムディナでは、青の竜は空を通り過ぎるのを見られれば、その年は豊作になると言われるほどに珍しい光景であり、また瑞兆《ずいちょう》であると言われている。

それがまさか、ひとりの女性があのように竜を諌《いさ》め、また会話している姿など、この国では夢ですら出てくる光景ではない。

ぽかんとそれを見ていた王族達に、ヒューバードとルイスは苦笑した。

「我が国でも、あれほど竜に愛された人物は、初代の竜騎士であり、先の青の竜の友となった人物以外、現れたことがありません。ですが、この国にも、聖人ゼーテの前例があります」

『……聖人ゼーテが、なんだと？』

王の問いかけに、ヒューバードは笑みを浮かべて答える。

「我々から見れば、聖人ゼーテという人物は、竜と絆を結んだ人物にしか思えないのです。聖人ゼーテは、騎士ではなかった。だから、背中に乗って戦うなど考えもしなかった。我が国では、最初の竜騎士は、そもそも騎士として国に忠誠を誓う人物だった。だから、竜の背に乗る騎士となり、最初の竜騎士と呼ばれるようになった。竜達には、相手の職業など関係ありません。我々イヴァルトと、こちらのリュムディナ、おそらくは同じような経緯から、竜とのつきあいは始まっています」

ヒューバードに続くように、ルイスも同じような笑みを浮かべ、王弟に告げる。

「結局は、人がどうこうよりも、竜次第ですよ。昔、言葉を聞ける者がいたのなら、今だってやってやれないことはない」

俺はいまだに、小剣がどうして自分を選んだのかわからない。そう笑って告げたルイスに、王弟も笑顔で頷いた。

その部屋の中に、先ほどまで部屋の外で青の竜を宥めていたメリッサが項垂《うなだ》れながら帰ってきた。

国王の前に膝をつき、メリッサはまず事実について報告した。

「お庭のタイルは、ほぼすべてにひびが入っておりました」

しかも今、竜達は砕けたタイルに興味津々で、メリッサがいなくなったあとも何やらギャーギャーと騒いでいる。

「それで、あの……それぞれ自分の色のタイルがあるのが楽しいらしく、お庭がどんどん壊れてしまって……」

その報告をされていた国王は、しばらくまるで顔をしかめたように眉根を寄せていたのに、いよいよとなった瞬間、声を上げて笑いはじめた。

真実楽しそうに、腹の底から声を出し笑う国王に、さすがのメリッサも驚き、固まった。

「よい、イヴァルトからいらした客人よ。庭一面のタイルで竜が機嫌良く我が城に滞在してくださるならやすいものよ」

突然、流暢《りゅうちょう》なイヴァルトの言葉で話しはじめた国王に、ルイスやヒューバードも驚き固まった。

なあ、と王弟に問いかけた国王は、優しい眼差しをメリッサに向ける。

「あんなに簡単に割れてしまうような壊れやすい庭を造り、こちらこそ竜を迎える心構えができていなかったようだ。客人には心配をかけたようで、あいすまなかった。今度は竜が乗っても壊れないような丈夫なタイルを作らせ、竜を迎えるための場所には敷き詰めよう。もちろん、竜達の好むそれぞれの鱗の色をまとわせてな」

「そうですね、陛下」

王弟も、国王の言葉に笑って頷く。

「……イヴァルトの言葉を、陛下もできたんですね。この一ヶ月ほど、まったく気づかなかったですよ」

ルイスが顔をしかめてそうつぶやくと、王弟がそんなルイスに、楽しそうな表情で答えた。

「私ができるのだから、そりゃできるさ。私と兄上は、同じ教育を受けているのだから」

まあ、得意分野は違ったがと、王弟がつぶやくのを聞き、国王も笑顔で頷いた。

そしてあらためて、メリッサとヒューバードに向き直った。

「まだ言っていなかったな。我が姪《めい》、カーヤの身を守り、無事に返してくれたこと、そして王族の姫としての体面を守ってくれたことに礼を言う」

その礼を受けて代表してヒューバードが静かに頭を下げた。

「おかげであれは、今も王族の姫として立てるし、一家の当主となり、王族の一員として貴国から婿を迎えられるのだ。これ以上、最良の結果はなかっただろう」

国王に視線を向けられ、にこりと笑った王弟は、これからカーヤが家名と爵位を受け取り、ルイスがそこに婿として入ることをヒューバードとメリッサに説明した。

それを聞いて思わず視線を向けると、ルイスは少しだけ困ったように笑いながら、肩をすくめていた。その様子はとても気安いもので、ルイスもすでにそれを受け入れていることがメリッサにも伺えた。

リュムディナ国王と王弟から重ねて感謝を受け、ヒューバードとメリッサは二人揃ってその礼を受け取ったのだった。

その後、密猟者に竜の血を集めてくるよう依頼した貴族は、リュムディナの治安維持部隊によって逮捕された。

このリュムディナでは、竜は神聖なもので、竜達がいる場所を聖地として定めているため、その場所で武器を振っただけでも罪として捕らえられると聞きメリッサは慌てたが、竜騎士達はあらかじめゼーテ教団で許可をもらっていたと聞き、安堵のあまりヒューバードの背中に縋《すが》り付いた。

貴族は体を病に冒されており、病に効くと密猟者に乗せられてしまい、竜の血を飲んだのだという。その血は確かに貴族を一時的に補強したのだが、すぐさま病は悪化し、現在は取り調べも満足に受けられない状態であると告げられた。

そして、その繋がりにより、竜達の遺物や宝を国外に売り飛ばし、私財をため込んでいた貴族もどんどんと摘発され、竜の安全は少しずつ確保されていった。

そんな報告を、メリッサは青の竜と共に来ていた浜辺で聞いていた。

竜達との関係改善という仕事を、到着したその日から三日で解決したため、他の行事を含めても時間がたくさん空いたのである。

そのため、リュムディナ国王の好意で、王家の使う保養所に隣接した王族専用の浜辺で、青の竜の泳ぎの訓練を始めたのだ。

青の竜は、浮けるようにはなったがそれだけだ。とにかく取り急ぎ、休憩だけはできるようにと浮く練習をしたため、泳ぎについてはまだまだだった。

その青の竜の練習を兼ねて、保養所では、青の竜と白の女王、そして一応メリッサとヒューバードの護衛として、こちらでの引き継ぎが終わりあとは帰るだけになったデリックが同行して、浜辺でゆっくりしていたのである。

メリッサは、海辺に相応しい軽やかな薄布を合わせた水色のワンピースに着替え、ヒューバードと並んで敷物の上で飲み物の用意をしていた。

デリックも共にそこに腰を下ろし、メリッサが差し出した茶を口にしながら、現在の捜査状況について、メリッサも聞いて大丈夫なことを教えてくれたのである。

「どうもここの密猟者って、昔からの伝統職人みたいになってるっぽい」

それを聞いた瞬間、メリッサは珍しいことにその表情にはっきりとした嫌悪を見せた。

「まあ、滅びた国の竜を云々《うんぬん》も、その密猟者集団が捕まえたりしてたんだろうから、その時代からあった職業というならそうもなるな」

納得したようなことを言っているヒューバードも、あまりいい顔はしていない。ヒューバードは、ある意味イヴァルトでただひとり、密猟者の被害を直接受けて頭を痛め続ける人でもあるため、それもまた仕方がないことだろう。

「でも、あの人達、私達の言葉を話してましたけど……」

こちらの大陸で伝統職人云々ならば、それこそここの言葉で話していそうなものだろうと思うのだが、ことはそう簡単ではなかったらしい。

「確かにこっちの伝統職人なんだろうが、最近はイヴァルトの密猟とも関わりがあったようだからな。竜について語るときは、こちらの宗教関係者に見つからないようイヴァルトの言葉を暗号として使っていたことで、自分達の仲間内ではイヴァルトの言葉を使うようになっていたらしい。竜に関する単語も、イヴァルトの方が多いからな。その都合もあったんだろう」

それを聞き、メリッサは首を傾げた。

「それじゃあ、リュムディナとイヴァルトが同盟関係になると、その暗号は私達に筒抜けになりますね……」

「その通り」

メリッサの言葉に、デリックは片目を閉じておどけてみせる。

どうやら、この同盟は、竜騎士隊にとっても歓迎すべき事態らしい。今後一層、リュムディナへの派遣が増え、忙しくなることはほぼ確定のようだ。

「そう言えばデリックさん、帰りは緑の矢も一緒に飛んで帰国するんですよね」

「ああ。そうなってるな」

「荷物とかはどうするんです？」

メリッサも、かなりの荷物があるのだが、それについてはリュムディナとイヴァルトにこれから結ばれる航路の試運転となる船に乗せてもらうことになっている。

一ヶ月間ここに滞在していたならば相当な荷物があるだろうと思ったが、デリックはあっさりと笑って答えた。

「俺らは竜騎士だぞ。自分の竜に乗せきれる量しか荷物は作らない」

笑って言いきるデリックは、ヒューバードにも問いかけた。

「ヒューバードだって、そうじゃないのか？」

「今俺は騎士じゃないからな。貴族の体面を保つための衣装箱が増えた。メリッサの荷物と一緒に送られることになるから、帰りはいつものものしか持たないがな」

そう告げたヒューバードは、なぜか空を見て、あ、と声を漏らした。

そのヒューバードの視線に釣られ空を見上げると、この国に来てから一度も見ていなかった、数多くの竜達が空を周回していたのである。

「……これ」

息を呑む竜騎士二人の傍で、メリッサは満面の笑顔で空を見上げた。

「緑と琥珀がこんなにたくさん！　これが、リュムディナの竜達なんですね！　青に挨拶に来てくれたんでしょうか？」

「リュムディナの竜……繁殖期以外はそれぞれ別の場所にいるって言ってた、それか!?」

リュムディナの竜達は、海にいる青の竜を見定めると、一斉に海に向かって降りてくる。

つぎつぎと海に飛び込み波が起こり、慌てた青の竜が白の女王に縋り付くのを見て、デリックが緑の矢の方に向かって走っていった。

「まてまてまて、青はまだ本格的に泳げないんだから、ちょ、挨拶はちょっと待てー!!」

青の竜を守るべく、海に向かって叫びながら一直線に騎竜に向かって走っていくデリックを見送って、ヒューバードはため息をついた。

「……大変な新婚旅行になったものだな」

そう言われてメリッサは、この国に来てからはじめて、これが新婚旅行だったことを思い出した。

突然真っ赤になってうつむいたメリッサを見たヒューバードは、ようやくメリッサに意識されたことに気がついて、苦笑してその肩を抱き寄せ頬に口づける。

「まあ、私達の行く先に、竜がいるのは当たり前か」

「……そうですね！」

照れをごまかすためか、大きな声で答えたメリッサに、ヒューバードは耳元で囁《ささや》いた。

「ところで、ここに到着してからずっと名前でしか呼ばれていないんだが……そろそろ呼び方を変えるつもりはないかな、奥さん」

その声を聞き、ひょっと飛び跳ねるように肩をすくませたメリッサは、しばらくあわあわと慌てたあとに小さな声で、そのヒューバードの言葉に応えた。

「え、ええと、はい、そろそろ、変えます……だ、旦那様」

真っ赤になったメリッサに口づけるヒューバードを、騎竜に乗って空に上がったデリックがうっかり見てしまい壮絶に落ち込んでいたことは、後日になってメリッサに知らされることとなり、さらに真っ赤になって顔を隠して丸くなり、落ち込んでいたメリッサをヒューバードがあっさり抱えて帰る姿が見られたのは、王都に帰ってからのことだった。

終章

リュムディナからの帰路は、当初の予定通り船ではなく竜での移動だった。

帰る当日、張りきった青の竜が一応持ってきていた青の竜専用の胴具を自ら咥《くわ》えて差し出しながら、ヒューバードに迫っていた。

「いや、長旅なんだから、長距離移動に慣れている白に乗る予定だぞ」

ヒューバードにそう告げられ、青の竜は衝撃に口から自らの胴具を取り落とした。

ギュアァ？

「どうしても何も。長距離を飛び慣れていない青に、私もメリッサもあまり負担はかけたくないんだ。それに海の途中で、いざ青から乗り換えることになったら、メリッサが海に落ちる危険があるだろう？」

グギャァァァ

ちゃんとできる、頑張るからと青の竜は訴えているようだが、ヒューバードはひたすら首を横に振り続けている。

グキュウゥ

青の竜は、メリッサに甘え声を出しながら擦り寄るが、さすがのメリッサもこれは簡単に同意できなかった。

「ごめんね、青。私はヒューバード様に乗せていただかないとだめだから、ヒューバード様がだめだと仰《おっしゃ》るなら乗れないの……」

ギュアアア……グキュウウウ

メリッサは、小さな頃《ころ》から自分で竜に乗れるようになりたいとは思ったことがなかった。メリッサは地上から竜が楽しそうに飛び回るのを見ているのは好きだが、空から地上を眺めて楽しみたいとは思わなかったからだ。

確かにヒューバードに乗せてもらって白の女王で空の散歩をするのは好きだが、それはやはり、ヒューバードと一緒に、というのが大きいのである。

ひとりで竜に乗りたいとは思わないメリッサが、今日《きょう》このときだけは、青の竜のために乗れたら良かったのにと思うほど、青の竜の嘆きは激しかった。

「あの……ヒューバード様」

おずおずと、上目遣いでそう問いかけるメリッサに、ヒューバードは軽く手を上げて制した。

「言わなくてもわかる。……どうしてもか」

「どこか、休憩地点とかで乗り換えるとか、半分の区間だけ乗ってあげるとかっ」

「その場合、メリッサは海の上で竜を乗り換えることになるんだ。危ないだろう？」

心配そうなヒューバードに、メリッサはぐっと拳《こぶし》を握りながら宣言した。

「言われたことは守りますし、青が泳ぐ練習をしたとき、助けてくれるって言っていました。青はそのために泳げるようになってくれたんです。あとは私が頑張ります」

その言葉に、ヒューバードはしぶしぶだがようやく折れた。

丸一日、ずっとヒューバードと体を密着させた状態で固定されることになるが、メリッサにとってはなんでもないことだ。

大喜びの青の竜の横でようやく落ち着いたメリッサは、ヒューバードと共に別れの挨拶《あいさつ》のために待っていてくれるカーヤの前に歩み寄った。

王弟は今日は王宮で仕事があるため、朝食の席ですでに挨拶はすませており、今回の見送りはカーヤだけが姿を見せている。カーヤの隣にはルイスが並び、そのまた隣にはデリックと交代したランディが並ぶ。

『次、お目にかかるのは私がイヴァルトへ向かったときでしょうか。そのときは、もっとゆっくりお話ししましょう』

カーヤの言葉は、今回は通訳を通じて伝えられた。

「辺境伯家の侍女は竜騎士隊で預かる。リュムディナの言語を覚えた状態で帰せばいいんだな」

今回、辺境伯家からメリッサに付けられた侍女アビィは、言葉のわからないなか、メリッサの行動を陰で支援していた。

今回、ヒューバードとメリッサが竜で移動するため、アビィはしばらくこちらで足止めになる。そのため今後のこともあるし、さらには本人の希望によりリュムディナの言葉を学んでから帰ることになったのである。

「アビィをよろしくお願いします。アビィ、今後、リュムディナからのお客様がいらしたときのために、お願いね」

メリッサの言葉に、アビィは膝《ひざ》をつき、頭を垂れた。

「このたびは、学びの機会を与えていただきありがとうございます。しっかり学んでまいります」

今後、リュムディナの人々がイヴァルトに訪れる機会は増えるだろうし、当然ながら一番彼らに接触するのは辺境伯家になるだろう。

元々通訳できる人物を雇うという手は、その人物が竜に慣れているかどうかという、どうしようもない理由により気軽に使えない。イヴァルトで最も竜の傍《そば》にある家では、使用人も竜に対する態度を知っていることが求められるのだ。そのため、元々勤めている人間が学んでくれるのなら、これ以上ありがたいことはないのである。

『そろそろ出発ですね。もっとたくさん、見ていただきたい場所もあったのですが』

「竜達が元気に飛ぶ姿も、綺麗《きれい》な海も堪能できました。次はイヴァルトで、たくさんの竜達に元気なお顔を見せてあげてください。みんな、ルイスさんと琥珀《こはく》の小剣が選んだ花嫁に会うことを楽しみにしていますから」

別れを惜しむカーヤに、「次はイヴァルトで」と約束をとりつけたメリッサは、笑顔でリュムディナに別れを告げた。

青の竜の背に乗って空に舞い上がると、街の中では再び一斉にみんなが跪《ひざまず》き、拝礼を始めている。

「また青がここに来ることになったら、やっぱり皆さん拝礼するんでしょうか?」

ヒューバードの腕の中、何の気なしにメリッサはつぶやく。

「リュムディナに生まれた竜が初めての騎士を選ぶ頃には、もう少し親しみを込めた歓迎をしてもらえるかもしれないな」

腕の中で、ヒューバードのつぶやきを聞いたメリッサは、その喜びを表すような満面の笑みを見せ、ぎゅっとヒューバードに抱きついた。

リュムディナの竜が初めての騎士を選ぶ。それは、竜が自らの命を預けられるほど人を信頼できたとき。

その日がくることを祈りながら、メリッサは空からの光景を忘れないよう心に刻んだ。

「そろそろ出発だ」

ヒューバードの声が耳元に響き、メリッサは力強く頷《うなず》いた。

「はい！　青、白、帰りましょうか」

　グルァア！

　ギャァアゥ！

　二頭の雄叫《おたけ》びが高らかにリュムディナの空に響き渡り、しばらく街の上空を旋回していた青の竜がイヴァルトへの針路に首を向けた瞬間、リュムディナの森のあらゆる場所から、突如大量の竜達が空へと舞い上がった。

　青の竜が来るまでは姿を隠していたリュムディナの竜達は、青の竜への挨拶のために顔を出し、そして今日は見送るために姿を見せたのだ。

　どうやら竜達は、先日の挨拶からずっと森で過ごしていたらしい。日頃《ひごろ》こんなにたくさんの竜が空にいる姿を見たことがなかったリュムディナの人々は、それぞれ空を見上げて驚きの表情で固まっている。

「前の挨拶のときより、増えてますよね？」

　メリッサが驚く様子もなくヒューバードにそう問いかけると、ヒューバードは口元に笑みを浮かべ、メリッサに答えた。

「挨拶のときは近場にいた竜達だけだったからだ。今回は、少し離れた場所にいた若い竜達も、間に合ったらしい」

　青の竜に続くように白の女王が飛び、それを追いかけるように琥珀と緑のリュムディナの竜達が大量に続いていく。

人々はその竜達の姿を、再び拝礼し見送っていた。


途中まではリュムディナの竜達もついて来たが、おそらく範囲の限界だろう場所まで来たあたりで転回し、再びリュムディナへと帰っていった。

「みんな、わざわざ青のためにここまで出てきてくれたんでしょうか」

地上で出会った竜はいなかったが、海で青の竜に挨拶していた竜達は揃《そろ》っていた。みんなわざわざ普段の住《す》み処《か》からこんな遠くまで追いかけてきてくれたのだろうとメリッサがつぶやくと、ヒューバードはメリッサに、竜達が口々に告げていた言葉を伝えた。

「約束を守ってくれてありがとう。あれらはそう言っていた。あれは、青を見送るためだけではなく、メリッサも一緒に見送りに来た竜達だ」

それを聞き、慌てて振り返ったメリッサは、まだ先ほど別れた地点で旋回している竜達に、大きく手を振って別れを告げた。

これから先、メリッサがリュムディナに来ることはないかもしれないが、いつかあのリュムディナの竜達が、気軽にイヴァルトに遊びに来られる日が来るかもしれない。今メリッサ達が使っている空路は、途中竜達が安全に休憩できる島を竜騎士達が見つけて中継しているのだ。

もしそれが野生竜達に伝わることがあれば、野生竜もこちらに移動してくる日が来るかもしれないのである。

「リュムディナ、竜騎士が誕生するといいですね」

「あの緑の子竜は、騎士を探す気満々だったと思うから、あんがい早くに決まるかもしれないな。せめて成体になってから探してくれと言ってくるべきだったかな」

「その点は、イヴァルトよりも柔軟な対応ができるんじゃないでしょうか。だって元々、リュムディナの竜達のねぐらは、人の傍にありますから。訓練する場を、人の街とねぐらの間に作れば良いだけです」

にっこり笑うメリッサを見て、ヒューバードはふっと微笑《ほほえ》み、背後からぎゅっと抱きしめた。

先導するデリックと緑の矢を追いかけながら、白の女王と共に青の竜は一路今日の野営場所である島の位置を目指す。

お昼になり、ヒューバードは休憩のために海に浮かんだ青の竜をねぎらいながら、口に素早くりんごを入れると、体が密着しているメリッサをそのまま抱き上げ、躊躇《ためら》いなく白の女王に乗り換える。

「怖くないか？」

腕に抱かれ、体を密着させたまま、ヒューバードがメリッサに問いかける。

「まったく怖くありません。だって、ヒューバード様が支えてくださっていますから。青、乗せてくれてありがとう。今日の野営場所まで、一緒に行きましょう」

ギュアァ！

嬉《うれ》しそうな青の竜の声を聞きながら、再び海から飛び立った一行は、緑の矢の案内に従い、まっすぐに今日の野営場所へと飛びはじめる。

海の中に浮かぶ小さな無人島が、いつか竜達の休憩所として頻繁に使われることになる日を、メリッサは少しだけ心待ちにしながら、白の女王の背中でゆっくりと空に浮かぶ雲を眺めていた。

「青も人を背にして飛ぶのが安定してきたな。次に長距離を飛ぶことがあれば、ずっと青の背でも大丈夫かもしれない」

体が固定されたメリッサの耳に、ヒューバードのつぶやきが届く。

「まったく揺れませんでしたね。とても乗り心地が良かったです。今日の野営場所に到着したら、もっとたくさん褒めてあげないといけませんね」

メリッサはそう告げると、ヒューバードの胸に自ら縋《すが》り付くように腕を回した。空の上にあっても安心していられる大切な人の腕の中で、メリッサはそっと目を閉じ、その体を預けたのだった。

了

竜騎士のお気に入り8　番外編

Favorite of The Dragon Knight 8th

番外編　大切な日

メリッサは、五歳の頃《ころ》ヒューバードと出会ってから、ある意味ヒューバードに育てられたと言っても過言ではない。

ヒューバードは責任ある立場で忙しい人ではあるのだが、それでもメリッサとの時間は、王城に滞在しているかぎりほぼ毎日作り出していたのである。

メリッサにしてみれば誰よりも身近にいた人物なのだが、竜騎士達の素性や個人情報を詮索《せんさく》するのは禁じられていた。

だからなのか、メリッサは辺境伯家に嫁《とつ》いで来た今も、特に不思議に思うこともなかったのだが、青の誕生日の騒動を終えたあるとき、ふと気がついてしまった。

――ヒューバード様のお誕生日っていつなのかしら。

五歳の頃からなら、もう十二年になる。その間、ずっと顔を合わせていた、しかも夫となったその人の誕生日を知らないって、どうなのだろうか。

グルゥ？

笑顔のまま、突如《とつじょ》固まってしまったメリッサに、なにごとかと青の竜が心配そうに鼻先で突いてくる。

「あ、大丈夫よ。ごめんね突然考え事をしてしまって」

慌《あわ》てて鼻先を撫《な》でて青の竜に断わると、メリッサはそのままいつものように、庭に設置されたベンチに座って、青の竜に手を振った。

青の竜はしばらく不思議そうな表情をしていたが、メリッサがいつものようにベンチに落ち着いたのを見て、安心したように庭の中央で丸くなり、昼寝をはじめた。

メリッサは、過去の記憶と照らし合わせ、なんとか思い出そうと考えていたが、どれだけ考えてもやはり日付を聞いた覚えはなかった。

ヒューバードは、十五歳で竜騎士見習いとして城に上がった。これは間違いない。

騎士見習いとして城に上がれるのは十五歳以上とされている。騎士ではなく侍女や侍従などの使用人ならば、見習いとしての登用可能年齢は十三歳なのだが、騎士は騎士となる前に、十三歳で他家の騎士の家で、従者として必要な武具の扱《あつか》いや乗馬、さらには行軍に必要な訓練を重ねるのである。

十五歳になると、見習いとして試験を受け、合格すれば城に勤めることが出来る。

ただ、ヒューバードは竜騎士であり、普通の騎士とは事情が違う。

竜騎士は竜と絆《きずな》を結ぶものがなるのであり、年齢に規定はない。ましてや、一歳で白の女王に見初《みそ》められたヒューバードは、その時点で竜騎士の資格を持っていたことになる。

絆を結んだ相手である白の女王を戦場に出すために、ヒューバードはあっという間に正騎士となった。そして竜の階級に従い、白の騎士であったヒューバードが竜騎士隊を率いることとなった。その事情には、ヒューバードの年齢は関係していないが、ここでひとつ間違いないことがある。

メリッサがはじめて白の女王と顔を合わせたあの日、ヒューバードは城に来てすぐだった。そして竜騎士隊長となり、半年後はじめて戦場に飛び立ったのも、まだ十五のときだった。その戦は一ヶ月ほどで収束し、竜騎士は最初に城に帰還している。

ヒューバードが最初の勲章《くんしょう》を授与されたのは十五歳で、初陣《ういじん》のときだったというのはメリッサも知っている。白の女王の寝屋飾りにその勲章があり、磨いたときに年齢を見て、さすがだと驚いた記憶があったのだ。

勲章の授与は、大体終戦からひと月以内だから、その時点で十五歳だったなら、ヒューバードの誕生日は入城したその日から勲章をもらった日までは来ていなかったということだろう。

「ええと、勲章を受けたのが年末で、それから七ヶ月遡《さかのぼ》ると……深緑の月で、このときは十五歳で、ええと……」

その勲章をもらった日付から逆算すると……。

「……私の誕生日と、かなり近い、ような？」

少なくとも、前後三ヶ月以上は離れていないだろう。

逆算から出た答えとして、メリッサがヒューバードと出会ったのは初夏のこと。季節的に考えて、ヒューバードは辺境の雨期のあとに、城へと旅立ったと思われる。

それを考えると、ヒューバードの誕生日は、年の終わりから、春の終わりの間と言うことになる。

その間には、もちろん春生まれのメリッサの誕生日もある。

今年のメリッサの誕生日は結婚式だったため、そのお祝い一色だった。母が王都から運んできた父のケーキは口にしたが、特に誕生日としてなにかしたわけではない。

その前は、年の初めから結婚式の準備に忙しく、そして式が終わったあとは、青の竜の誕生日に夢中だった。青の竜の誕生日が終わったその日から、青の親竜の鱗《うろこ》問題が起こってしまい、なんだかんだと落ち着かずに過ごしていた。

「ええっと……」

その忙しくしていた間に、ヒューバードの誕生日は終わってしまった可能性が高い。それに気付いたメリッサは、静かにその場所で頭を抱えて項垂《うなだ》れた。

どうして気付かなかったのだろうか。確かに成人男性で、家長となったヒューバードの誕生日は、社交の一環としてパーティを開くような場合でもなければおおっぴらに祝われるようなものでもないかもしれない。それでも、家族ならおめでとうの一言でも言ってしかるべきだし、ましてや婚約者や妻ならば、しっかりお祝いするべきだ。

そもそも、誕生日を知らないというその事実に気がつくのが、結婚して二ヶ月もたってからって、誰が聞いてもおかしいと思うだろう。

「……そ、そうだ、貴族年鑑……あれなら、誕生日もきっと書いてるわよね。書いてなかったとしても、生まれた月くらいは書いてあるんじゃ……」

メリッサが、結婚前に招待客を覚えるために首っ引きで読んでいた貴族年鑑には、国内の貴族の家族構成などが書かれていた。その中でも家長に関しては、年齢と髪の色、目の色など、詳細《しょうさい》も掲載されていたはずだ。

だが、そう考えた瞬間、メリッサの思考は止まった。

竜騎士の素性や個人情報を詮索するのは禁止されている。今さらと言えるようなその決まりが、メリッサの頭にふとよぎったのだ。

夫である人の誕生日であっても、その人が知らない間に調べるのは、詮索していることになるだろう。そう思うと、なんだか悪いことをしているような気がしてしまったのだ。

しばらく考えた末に、メリッサはおもむろに立ち上がった。

庭の竜達はお昼寝中で、おやつを終えてすぐに遊びに行った竜達以外はみんな眠ってしまっているため、メリッサは小声で青の竜に屋敷に入るからと告げて、屋敷へと足を向けた。

メリッサが向かったのは、ヒューバードの執務室。現在、今日の仕事の調整を、執事のハリーと行なっているはずだ。

私事で仕事の邪魔をするのはどうかと思い、そわそわと扉の前で待っていたのだが、すぐに扉が開き、ハリーが顔を出した。

「奥様、ヒューバード様がお呼びですよ」

どうやら、扉の外にメリッサがいることに、ヒューバードはとっくに気がついていたらしい。扉をくぐった瞬間、立ち上がったヒューバードと視線が合う。

「どうした、メリッサ？　いつもより少し早いな」

そう言って微笑《ほほえ》むヒューバードを見て、メリッサはぴたりと足を止めた。

「では、そろそろ朝食の仕度をして参ります」

ハリーには気を使わせてしまったらしい。扉が閉まると同時にヒューバードが歩み寄り、その腕に収められる寸前、メリッサは思い切って声を出す。

「ヒューバード様のお誕生日って、いつですか!?」

知らなかったことは仕方がない。こそこそと黙《だま》って調べるのが気が進まないなら、正面から聞けば良いのだ。その結論に至り、正面から挑んだメリッサの目に、驚いたような表情で固まったヒューバードがいる。

しばらく手を広げた姿勢のまま動かなかったヒューバードは、やがて嬉しそうにとろけるような表情でメリッサを抱きしめた。

耳元に口づけながら、ヒューバードは小さな声でつぶやいた。

「メリッサが私に興味を持ってくれることがこんなに嬉しいとは思わなかったな。もう嫁に来てくれたのだから、これ以上のことはないと思っていたのに」

そう言いながら、顔中に口づけられ、ぎゅうっと抱きしめられた。

その状態で耳元に囁《ささや》くように伝えられたその日付は、メリッサの誕生日よりひと月前の、雪解け月の中頃。

「……じゃあ、来年は、二人きりでお祝いしましょうか。旦那様のためにケーキを焼いて、日付が変わった瞬間、お祝いしましょう」

それを聞いたヒューバードが、珍しいほど感情も露《あら》わに喜ぶ様子に、メリッサも嬉しくなって約束の印として、ヒューバードの頬に口づけたのだった。

了

あとがき

この作品をお手にとっていただきありがとうございます。織川あさぎです。

毎回、巻を重ねるごとに机の棚に資料も兼ねて並べているのですが、机の資料置き場が小さいため、幅が足りなくなってきました。まさかこんなに長く書かせていただけるとは、書いている私も思っていませんでした。


今回は、ヒューバードの同期であるルイスの物語の続きも含んでいます。

前巻が、『竜が騎士の花嫁に相応しい女性を見つけるとどうなるの？　↓こうなる』の見本を琥珀の小剣が見せてくれたのですが、今回は『選んだ花嫁のためになら、苦手でも頑張る』姿を見せてくれています。

竜達は、自分の騎士の花嫁は、自分が気にいった相手を連れてきますので、当然ながら花嫁のために努力は厭いません。

ちなみに本編での琥珀の小剣は、イヴァルトの言葉よりもリュムディナの言葉の方が流暢になっています。教えた先生が花嫁本人なので、集中力が違ったのです。

毎回、あとがきの頁数が決定してから頭を抱えることに定評のある私ですが、前回は一頁だったのに対して、今回は過去最高の頁数が提示されまして、素直に番外編を書くことにいたしました。前にショートストーリーを入れた巻で、身近な人から「あとがきはどこに?」という問い合わせが多かったので、今度は巻末に入れてもらうことにしました。これで、あとがきから読む方を悩ませることにはならないと思います!

それではここからは謝辞を。
いつも優しいお言葉で導いてくださる担当様。そして毎回、細かい場所の説明を忘れる私の想像を軽く超えた素敵な絵を仕上げてくださる伊藤明十様。並びに、この本の出版に関わるすべての方々。そしてこの本をお手にとってくださるすべての方々にお礼申し上げます。
この本を、少しでも楽しんでいただけたら幸いです。

織川あさぎ

竜騎士《りゅうきし》のお気《き》に入《い》り８
奥様《おくさま》は異国《いこく》の空《そら》を革新中《かくしんちゅう》

2020年11月１日　初版発行

著　者■織川あさぎ

発行者■野内雅宏

発行所■株式会社一迅社
〒160-0022
東京都新宿区新宿3-1-13
京王新宿追分ビル5F
電話03-5312-7432（編集）
電話03-5312-6150（販売）

発売元：株式会社講談社
（講談社・一迅社）

印刷所・製本■大日本印刷株式会社

ＤＴＰ■株式会社三協美術

装　幀■今村奈緒美

ISBN978-4-7580-9305-7

●この作品はフィクションです。実際の人物・団体・事件などには関係ありません。

この本を読んでのご意見
ご感想などをお寄せください。

おたよりの宛て先

〒160-0022
東京都新宿区新宿3-1-13
京王新宿追分ビル5F
株式会社一迅社　ノベル編集部
織川《おりかわ》あさぎ 先生・伊藤明十《いとうあきと》 先生